KB206741

다 함께 걷자,
둘레 한 바퀴

다 함께 걷자, 둘레 한 바퀴

지은이 이종성 **1판 1쇄 인쇄** 2013년 7월 16일 **1판 1쇄 발행** 2013년 7월 22일
발행처 도서출판 비채 **발행인** 박은주 **주소** 서울특별시 종로구 북촌로 63-3
등록 2005년 12월 15일(제300-2005-212호) **주문 및 문의 전화** 031)955-3220 **팩스** 031)955-3111
편집부 전화 02)3668-3290 **팩스** 02)745-4827 **전자우편** viche@viche.co.kr

ⓒ 2013, 이종성, 이 책의 저작권은 저자에게 있습니다.
저자와 출판사의 허락 없이 내용의 일부를 인용하거나 발췌하는 것을 금합니다.
ISBN 979-11-85014-08-1 03810 책값은 뒤표지에 있습니다.

이 도서의 국립중앙도서관 출판시도서목록(CIP)은
서지정보유통지원시스템 홈페이지(http://seoji.nl.go.kr)와
국가자료공동목록시스템(http://www.nl.go.kr/kolisnet)에서 이용하실 수 있습니다.
(CIP 제어번호: CIP2013009471)

다 함께 걷자, 둘레 한 바퀴

이종성 글·사진

비채

가노라 삼각산三角山아 다시 보쟈 한강수야

고국산천을 떠나고쟈 하랴마는

시절이 하 수상하니 올동말동하여라.

_ 김상헌, 〈청구영언〉 발문

어디를 보아도 비슷비슷한 빌딩숲 일색인 곳, 사람보다 차가 우선인 '걷기 불편한' 거리, 역사를 잊어버린 포장도로와 무표정한 사람들…… 서울을 이렇게만 생각하고 있다면 당신은 아직 '둘레의 축복'을 받지 못한 사람일 것이다. 둘레에서 만난 서울은 육백 년 전 한양의 기억을 고스란히 간직한 마법 같은 공간이다. 세월을 훌쩍 뛰어넘은 이야기들이 서려 있고, 임금이 계시던 곳의 위엄과 민초들의 한과 전쟁의 아픔도 느낄 수 있다. 발길 닿는 곳마다 꽃과 나무들이 반겨주는, 자연 속 안식의 공간임은 물론이다.

　사실, 북한산은 질곡 많은 우리 역사의 산증인이다. 예로부터 삼각산으로도 불렸는데 백운봉, 인수봉, 만경봉의 세 봉우리가 세 뿔三角처럼 우뚝 솟아 있었기 때문이라고 한다. 강직한 성품 탓에 탄핵되어 중국 심양으로 유배를 가던 김상헌의 시조에서도

볼 수 있듯 삼각산은 '임금님이 계신 곳'이자 우리 민족 정서의 뿌리가 깃든 '서울의 진산'이다. 그뿐인가. 가장 가까이 두고 언제든 오를 수 있는 산이다. 주말 등산이 유행하면서 자연을 느끼고 심신을 단련하는 산으로 인정받고 있지만, 역사의 생생한 현장과 마주치는 기쁨도 무척 크다.

무수리들이 도란도란 넋두리를 풀어놓으며 구중궁궐의 시름을 잊었다는 빨래골 지킴터, 임금의 그림자로 살아온 환관이 쓸쓸히 잠든 내시묘역의 비화, 어여쁜 기생이 성벽 공사에 동원된 임을 찾아 산을 올랐다가 발을 헛디뎌 그만 물에 빠졌다는 여기소터의 전설…… 마음과 생각의 문을 조금만 열고, 눈을 조금 더 크게 뜨고 북한산 스물한 구간을 걸어보자. 전에는 보이지 않던 것들이 앞다투어 말을 걸고 인사를 청할 것이다.

긴 세월 흔들리지 않고 혼탁한 세상을 굽어보는 북한산. 그 속에서 우리의 복잡했던 일상은 저만치 물러나고 수묵화의 여백 같은 평화가 마음에 깃든다. 산이 품은 이야기를 듣고 싶다면 그저 짊어진 배낭 하나만큼의 고요만 있으면 된다. 봄에는 싱그러운 꽃 내음을, 여름에는 솔바람 부는 시원한 계곡을, 가을에는 낙엽 쌓인 운치 있는 능선길을, 겨울에는 사각사각 눈을 밟는 사색의 시간을 만나보라. 제 것 다 내어주는 푸른 물과 생명력 강한 풀꽃을 바라보며 쉬어가라. 봄, 여름, 가을, 겨울…… 사계 어느 때나 늘 푸른 북한산 둘레를 걸으며 내 안의 나를 만나라. 내가 누군가의 마음에 늘 푸른 산이 되는 그날까지.

2013년 북한산 자락에서

이종범

차례

저자의 말 • 005

제1구간 숲의 고요가 마음을 토닥이는 소나무숲길

물은 흘러서 길이 된다 • 014 | 라이트 형제의 첫 비행처럼 • 017 | 똥을 누는 나무
• 020 | 솔밭의 미학 • 022 | 두어 걸음으로 세상을 물리다 • 024

제2구간 역사의 숨결을 고스란히 품은 순례길

아름다운 불꽃이 잠들어 있다 • 028 | 깨금을 아시나요 • 030 | 길에서 그리움을
잃다 • 032 | 세계의 어둠을 알리고 별이 되다 • 036

제3구간 무한한 평화의 시간으로 이끄는 흰구름길

함께 걷는다는 것은 • 040 | 화계사 배흘림기둥 앞에서 • 044 | 잠언을 듣는 구름
전망대 • 048 | 빨래골에서 바람에 귀를 기울이면 • 050

제4구간 어머니의 목소리가 깃든 솔샘길

꿀벌과 꽃향유 • 056 | 그리운 마음이 고이고 고여 • 060 | 어머니의 해가 뜨고
지는 곳은 • 062 | 고욤고욤 익는 열매 • 065 | 애벌레의 중중무진 • 068

제5구간 무거운 마음을 날려보내는 명상길

눈물은 상처에서 떨어진다 • 074 | 허방을 딛고 오르는 꽃 • 076 | 탄흔의 북악하늘길 • 078 | 꿈은 동사다 • 082

제6구간 한 폭의 그림 같은 평창마을길

마음의 화선지를 물들이는 단풍 • 088 | 연옥의 계절 • 090 | 자기고요 • 096 | 꽃처럼 피는 비밀은 아름답다 • 100 | 세상사 굽어보던 백불을 만나다 • 104

제7구간 역사의 향기가 느껴지는 옛성길

동천의 세계에 들다 • 110 | 소나무의 군무가 아름다운 길 • 112 | 처소로 돌아가는 시간 • 116 | 자신을 만나는 시간 • 118

제8구간 아름다운 서정이 흐르는 구름정원길

금칠을 하지 않아도 빛나는 것들 • 122 | 바람에게 쓰는 편지 • 126 | 길에 쓰러진 슬픔 • 130 | 만물은 모두 제자리가 있다 • 134 | 화의군묘역을 걷다 • 136

제9구간 달과 함께 걷는 마실길

밤마실을 가다 • 140 | 고국에 돌아온 그리움 • 144 | 느티나무는 걸음의 고단함을 알고 있다 • 148 | 기억과 그리움의 토렴 • 152

제10구간 산의 그림자로 걸어보는 내시묘역길

묘약이자 치명적인 독 • 160 │ 불상에 절을 하는 소나무 이야기 • 162 │ 누가 함부로 나무를 베는가 • 164 │ 아름다워서 왔다 • 168 │ 감히 오르지 못하는 내 안의 봉우리 • 172

제11구간 근본을 돌아보며 걷는 효자길

누군가에게 언덕이 된다는 것 • 178 │ 숨은벽의 진경산수 • 182 │ 칠성별 뜨던 어머니의 정화수 • 186

제12구간 생의 뜨거움이 잠들어 있는 충의길

이별 앞에서 조금씩 가까워진다 • 192 │ 날선 보습이 땅을 깊게 간다 • 196 │ 세상과 소통하는 꽃 • 200

제13구간 시골의 정취를 만날 수 있는 송추마을길

그 길에서 만난 특별한 이야기 • 204 │ 시간은 내게 관심이 없다 • 208 │ 송추폭포의 기억 • 210 │ 푸른 텃밭은 땀을 먹고 자란다 • 214

제14구간 생의 전망을 보러 가는 산너미길

울띄교에는 눈물이 있다 • 218 │ 산음의 물맞이 • 222 │ 도마뱀의 소통법 • 226

제15구간 마음까지 심원해지는 안골길

폭포와 소 • 232 │ 물만이 제 길을 안다 • 236 │ 꽃씨가 꽃씨를 낳듯 말씨가 말씨를 낳는다 • 238

제16구간 수천 년 희망을 지켜온 보루길

홀로 가는 것들 • 244 | 사람을 품은 꽃 • 246 | 틈 • 252

제17구간 정겨운 고향을 닮은 다락원길

대원사에서 마음을 읽다 • 258 | 그 흔한 빛과 소금이 되지 마라 • 260 | 아프지 않은 것은 없다 • 264 | 무망 • 266

제18구간 동천에 입문하는 도봉옛길

문사동에서 만난 스승 • 270 | 벽의 탈출 • 274 | 들꽃의 숨소리를 듣다 • 276 | 무아의 마음 • 280

제19구간 만물의 이치를 보듬어 안은 방학동길

마음 쓰이는 것 없다 • 286 | 마음의 형태 • 288 | 까막눈의 현자 • 290

제20구간 왕조의 숨결이 살아 있는 왕실묘역길

꽃잎의 이슬 • 298 | 엇나간 탕춘 • 302 | 주역을 깨친 대노 • 306 | 누구나 마음에 샘 하나 있다 • 310

제21구간 마음의 귀가 열리는 우이령길

쇠귀가 탁발하는 소리 • 314 | 마음, 단청을 입다 • 318 | 사유를 벼리는 시간 • 322

숲의 고요가
마음을 토닥이는
소나무숲길

숲은 바라보는 것이 아니라 느끼는 것이어야 하고,

산은 바라보는 것이 아니라 듣는 것이어야 한다.

토종의 나무와 들풀이 지천에 널려 있던 시절에는

시선 돌리는 곳마다 소나무가 있었고

기둥 곳곳에 옹이구멍 흔적이 고스란히 남아 있는

소나무로 지은 학교에서 공부를 했다.

이처럼 천진난만한 시절로 시간을 되돌리는 소나무숲길.

흙을 밟듯 천천히 기억을 되밟으며 걷는 숲길에서는

과거의 기억 속에 찍힌 활동사진을

느린 화면으로 천천히 되짚어볼 수 있으며

먼 길을 떠도느라 길에서 얻은 상처를 치유할 수 있다.

청정한 소나무숲길 어디라도 좋다.

가만히 앉아 있으면 그것으로 마음은 이내 평온해진다.

잠시 나를 고요 속에 앉혀두기만 하면 된다.

세상의 시끄러운 소리들이 한발 물러나고 깃드는 숲의 고요가

지금껏 한 번도 들어보지 못한 숲의 이야기를,

나무와 새, 바위가 주고받는 내밀한 말들을 들려줄 것이다.

제1구간 소나무숲길

우이 우이령길 입구 ~ 솔밭근린공원 3.1km
1시간 30분, 난이도 하

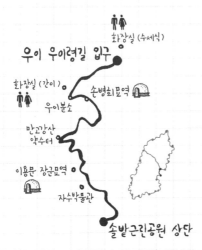

화장실 (수세식)

우이 우이령길 입구

화장실 (간이)

우이분소

손병희묘역

만고강산
약수터

이용문 장군묘역

자수박물관

솔밭근린공원 상단

북 한 산

둘레길

Dulegil

물은 흘러서
길이 된다

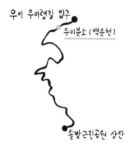

소나무숲길에 들어서면 맑은 물줄기가 사람을 반긴다. 이 길은 걷는 내내 청량한 물소리를 들을 수 있으며, 산책 코스가 완만하여 가족들과 함께 오기에도 좋고, 혼자 사색을 할 때도 물이 좋은 친구가 되어준다.

티 내지 않고, 소리 내지 않고, 샘물은 주면서도 말이 없다. 가장 높은 데서 왔으나 가장 깊은 데서 솟았고, 가장 낮은 곳에 임하는 물에게 말이란 부질없는 것이다. 애써 부르지 않아도 누구나 스스로 찾아와 허리 낮춰 공손히 얻어가는 것이 단순한 물 한 모금이겠는가. 그것은 내 안의 시끄러운 소리들을 일제히 잠재우는 시원한 한 바가지의 고요이며, 어둠 속에서 출구를 알려주는 환한 빛이다.

이렇게 물은 밖에서만이 아니라 내 안에서도 흘러 길이 된다. 소를 건너다 소의 일부가 된 단풍잎처럼.

시린 물속

제 그림자로

깊이를 재보며

아슬아슬

조각배 끌고

물이 얼기 전

깊은 소를 건너는

단풍잎

하나

_〈낙엽〉

우이분소의 맑은 물길을 따라 흐르는 나뭇잎.

가을이면 붉은 잎사귀들을 떨구는 우이계곡의 단풍나무.

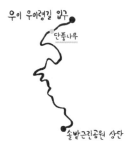

가을이 오기 전, 단풍나무들은 씨앗을 매달고 결연히 비행을 준비한다. 멀리서 다가오는 바람을 읽겠다며 앞다투어 키를 늘이던 저 붉은 단풍나무들. 제 몸에 단 작은 프로펠러를 손질하며 때를 기다리는 나무들에게서 나는 자유로운 벼랑을 본다.

자유로운 정신은 사육되지 않는다. 닭과 오리가 사람이 주는 먹이에 길들여져 날개를 잃어버린 것처럼, 자신의 본성을 잃는 순간 하늘은 그것을 거두어간다. 그걸 알고 솔개는 부단히 자신의 깃털을 다듬고 날개의 유연성을 기르며 날카로운 발톱과 부리를 쉴 새 없이 바위에 갈아댄다. 더욱 멀리 볼 수 있도록 시력을 단련해 마침내 가장 높은 곳에서 먹잇감을 찾아낸다. 지상에 둥지를 틀 때도 그 정신을 잊지 않고 벼랑에 집을 짓는다.

단풍나무에게나 솔개에게나 벼랑은 정신이다. 모든 날개 달린 것들의 전진기지다.

풍향을 읽고 있는 프로펠러

떠날 준비를 하고 있다

맘에 쏙 드는 그곳에

안착할 수 있을 거야

어쩌면 라이트 형제의 첫 비행처럼

아주 짧은 시간이 될 수도 있어

혹시라도 엉뚱한 곳에 불시착할지도 몰라

하지만 날아야 해

그것은 나의 또 다른

우주를 창조하는 일이니까

그래, 지금 바람이 오고 있어

이제 그때가 된 거야

_〈단풍나무〉

프로펠러 모양의 단풍씨앗들은 가을이 되면 각자의 보금자리를 찾아 여행을 떠난다.

똥을 누는
나무

나무가 제 몸뚱이만 챙긴다면 등이 휘도록 열매를 맺지 않을 것이다. 알알이 생명을 품은 그 열매들을 위하여 나무는 원하든 원치 않든 제 운명을 비바람에 걸어야 할 때가 있다. 혹독하게 제 한 쪽을 내주어야 하는 절체절명의 위기도 있다. 그 위기 속에서 나무는 깊어진다. 땅속 깊은 곳으로 더 단단한 뿌리를 내린다. 그리하여 자신을 흔드는 것들로부터 스스로를 지켜내고 만다.

　나무는 대부분의 시간을 꽃 피우고 열매를 맺기 위한 견딤으로 채운다. 생을 보내는 내내 자신을 뿌리째 흔들던 바람을 기억하며 내면에 그 아픈 고통을 아로새긴다. 그러나 내색하지 않고 초연한 얼굴로 세상을 굽어보며 제 할 일을 묵묵히 해낸다.

　그동안 우리에게 쉴 그늘을 주고 열매를 내어준 공덕으로 노랗게 물든 은행나무. 먼발치에서도 그 노란빛에 눈이 부신 까닭은 그러한 베풂 때문이다. 그러나 나무는 자신의 영달을 위해서

맺은 열매가 아니라 손사래치며 주저 없이 열매를 똥처럼 여기고 있다. 이제 자기는 필요 없다며 마구 던지는 통에 바닥 여기저기엔 똥 냄새 가득한 은행알이 지천이다. 제가 눈 똥이 좀 계면적은 듯 색종이 같은 고운 잎으로 살짝 덮어놓았다. 지나가는 사람들 은행똥 묻히면서도 환하게 웃는 미소가 금화처럼 쨍그랑거린다.

철 지난 지금
노란 애기똥풀 피는 것은
이 나무 때문일지도 몰라
주렁주렁 금화를 매달고
바람이 불 때마다 쨍그랑거린다
나무는 그때마다
슬쩍슬쩍 똥을 눈다
지나가는 행인들 그것도 모르고
코를 쥐면서도
은행똥 줍고 있다
책갈피에 넣어 둘 금화
몇 닢도 슬쩍슬쩍
_〈은행나무〉

솔밭의
미학

우이 우이령길 입구에서 한 시간 반을 걸어 도착한 솔밭공원. 이
구간의 끝 지점에서 갑작스레 맞닥뜨린 천여 그루의 푸른 소나
무들은 아름드리 둘레를 자랑하며 저마다의 내력을 속삭인다.

　나무들을 가만히 보면 수직으로 곧추선 모양은 거의 없고 옆
으로 기울어져 있거나 조금씩 굽어 있다. 집중호우와 태풍과 적
설의 시간들이 만들어낸 풍경이다. 그 모습은 풍경으로 그치지
않고 오래도록 시선을 붙들며 우리를 겸허하게 만든다. 분투한
소나무 하나하나가 치열하게 살아온 사람들의 내면을 눈물겹도
록 올곧게 보여주기 때문일까.

　　휜 솔 굽은 솔

　　지팡이를 짚은 솔도

　　곧은 솔이었지

아무리 솔우산을 잘 펼쳐도
들이치는 비바람과 눈보라에
흠뻑 젖고 얼 때가 있지
태풍에 맞서고
적설의 무게 견디며
쓰러지는 몸 세워
일어난 굽은 솔도
곧은 솔이었지

아무도 흉내 내지 못하는
기울어진 곡선의 직립
그것이 얼마만큼
힘든 것인지 알려준 것도
곧은 솔이었지

검은 솔 붉은 솔
지팡이를 짚은 솔도 모두
곧은 솔이었지

_〈솔밭공원〉

두어 걸음으로
세상을 물리다

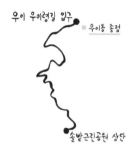

우이 우이령길 입구

우이동 종점

솔밭근린공원 상단

코스를 반대로 선택하여 솔밭공원에서 우이동 방향으로 거슬러 오를 예정이라면 우이동 종점의 옛 동네 그대로의 풍경을 꼭 한번 만나보라. 우이령길 입구에서 오 분 남짓 걸으면 우이동 버스 종점이 있고, 종점에서 153번과 120번 버스를 타면 가까운 지하철역에도 닿을 수 있다.

모든 길이 종점에서 맺고 다시 시작되듯, 우리의 걸음 또한 늘 막다른 곳에서 시작된다. 종점은 무거운 버스들을 받아들이며 이야기한다. 여기부터는 도시 문명의 속도를 버리고 가급적 천천히 걸으며 발로 사유해보라고.

우이동 종점 부근에는 우이분소, 백운천 등 다양한 이름으로 불리는 계곡이 있는데, 이곳은 비온 다음 날의 풍경이 특히 아름답다. 비온 뒤의 계곡은 시끄러운 것들을 깨끗이 씻어내는 세심의 세계이다. 이름만 들어도 목가적 서정이 맑은 물이 되어

우이동 종점에서는 옛 동네 그대로의 반가운 풍경을 만날 수 있다.

흐르는 백운천은 아무런 걸림이 없다. 어느 것에도 붙들리지 않고, 아무것도 붙잡지 않는 무애의 세계.

　바로 그 물길에서 세상의 이치를 배운다. 물속에서는 물이 되고, 불속에서는 불이 되고, 바람 속에서는 바람이 되듯 살아야 한다는 것을. 예속되지 않고 경계를 넘나들어 빛을 발하게 하며, 물인 듯 바람인 듯 불인 듯 살아야 한다는 것을. 그렇게 살다 보면 깨끗한 길이 다시 시작된다는 것을.

역사의 숨결을
고스란히 품은
순례길

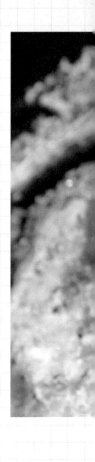

북한산은 역사의 성지이자, 민주화의 성지다.

신발이 닳도록 순례를 나서게 하는 높고 아름다운 세계다.

숲과 대화를 나누며 소통하는 사유의 길이자

자기를 가만히 들여다보는 성찰의 길이며

모르는 것을 찾아가며 배우는 지혜의 길이고

너그러운 마음으로 세상을 받아들이는 상생의 길이다.

순례길은 이처럼 산을 듣고 산을 닮아가며

마침내는 산이 되는 걸음이어야 한다.

자칫 우리가 이룬 작은 것에 취하여 오만해진다면

길은 이내 시끄러운 소음과 먼지투성이가 되어

본래의 청정함도 우리의 내면도 잃게 될 것이다.

작은 풀꽃들과 미물들이 오체투지로 길을 도는 그 까닭을

곰곰이 생각해보게 되는 순례길에서

어쩌면 자신에게 이르는 길을 발견할지 모른다.

잠시 솔밭공원의 벤치에 앉아 쉬게 했던 걸음을 일으킨다.

길은 계속 이어져야 하므로.

 제2구간 **순례길**
솔밭근린공원 상단 ~ 이준열사묘역 입구 2.3km, 1시간 10분, 난이도 하

솔밭근린공원 상단

보광사 화장실 쉼터 쉼터

전망대

쉼터 체육시설

쉼터 수유분소
둘레길 탐방안내센터

화장실 이준열사묘역 입구

아름다운 불꽃이
잠들어 있다

솔밭근린공원 상단
전망대
이준열사묘역 입구

순례길을 따라 언덕을 오르다 보면 국립 4.19민주묘지가 한눈에 내려다보이는 아담한 전망대가 있다. 한 치의 흐트러짐 없이 묘들이 앞줄 옆줄 나란히 맞추고 있는 풍경은 보는 이의 마음을 절로 숙연해지게 한다.

옳은 것을 옳다 말하지 못하던 불운한 역사 속에서 용감무쌍하게 활활 타올랐던 저 거룩한 불꽃들, 진달래꽃처럼 붉기만 한 저 꽃다운 넋들이 환한 등불 되어 오늘의 새 세상을 열었다.

역사의 아픔을 기억하며 다시 떠오르는 태양 앞에 아침 이슬은 더욱 영롱히 빛나고, 그 빛을 품은 이슬 한 방울이 언제나 우리의 정신과 지각을 일깨운다.

풀꽃도

바람도

도토리 물고 가던 다람쥐도

흰 구름도

잠시

고개 숙였다

가는

불꽃들의 성지

_⟨4.19 민주묘지⟩

순례길 전망대에서 내려다본 국립 4.19 민주묘지 풍경.

깨금을
아시나요

솔밭근린공원 상단
개암나무
이준열사묘역 입구

순례길 구간에서 마주친 개암나무 한 그루, 그 열매가 꼭 은행처럼 생겼다. 놀거리와 먹을거리가 흔치 않았던 옛날에는 개암이 아이들에게 재미난 간식이 되었는데, 조무래기 동네 아이들은 개암을 깨금이라고 불렀다. 깨물 때마다 딱, 하고 깨지는 소리가 맑고 컸다. 종종 그 깨금을 찾아 앞동산에 오르던 소년은 그곳에 설 때마다 가보지 못한 먼 곳을 향한 짙은 동경을 느꼈다. 산골과는 다른 세상이 있을 거라는 믿음. 그 동경과 꿈이 그를 오늘 여기까지 오게 만들었다.

이제 소년은 떠나온 고향을 그리워하며 언젠가 다시 돌아갈 날을 꿈꾸고 있다. 모든 것들은 왔던 곳으로 되돌아가기 마련이다. 그렇기에 길이란 갈 길보다 돌아갈 길이 언제나 더 멀다. 이 둘레길도 돌고 돌아 걷다 보면 내 인생의 첫걸음으로 나를 데려다 놓겠지.

단풍이 들기 시작하면

깨금을 따먹으러 앞산에 올랐다

연둣빛 색종이를 접고 오려서

올려놓은 듯 올라앉은 저 열매

꼭 은행같이 생겼지만

고약한 냄새도 없고 고소하였다

세게 껍질을 깨물 때마다

딱– 하고 금이 갔다

순간, 내 안의 정적이 깨뜨려지며

산촌의 고요도 함께 금이 갔다

단단한 껍질에 싸였던 어린 꿈들이

화들짝 놀라 깨어났다

봉우리에 올라 망연히 백마강 건너

먼곳을 오래도록 바라보게 하였다

다시 한 번 어금니로 꽉 깨물어보고 싶다

멀리 쫓아 여기까지 왔지만, 내가

미처 깨뜨리지 못한 그 단단한 꿈들

_〈개암나무〉

길에서
그리움을 잃다

솔밭근린공원 상단

섶다리
이준열사묘역 입구

유림선생묘소 부근에는 소나무 잔가지를 엮어 만든 섶다리가 있는데 이곳은 그냥 지나치기 쉬운 구간이다. 강물이 얼어 나룻배를 탈 수 없었던 겨울철에 소나무 잔가지를 엮어 임시로 놓았던 것이 섶다리인데, 추운 겨울이 지나고 이듬해 여름철 물이 불어나면 제 수명을 다하곤 했다.

장바구니 이고 지고 장으로 가던 동네 사람들도 늘 섶다리를 건너가 물건을 내다 팔며 생계를 유지했고, 대처에 나가 있는 식구들도 명절이면 삼삼오오 모여들어 맑은 물 흐르는 개울을 넘어 고향집으로 발걸음을 재촉하곤 했다.

그러나 이제 저마다의 사연이 깃든 옛 풍경은 세월과 함께 다 잊혀버렸다. 대부분의 하천에는 콘크리트 다리가 놓인 지 오래고, 자동차들은 그 위를 너무 빠르게 지나다닌다. 그런 생경한 풍경 탓인지 사람들은 이 길을 건너며 그리움을 잃는다.

겨울철에 소나무 잔가지를 엮어 임시로 놓았던 것이 섶다리이다.

아! 이 다리만 지나면 고향집이다
통나무와 솔가지를 엮어 흙으로 만든
다리 건너편 언덕의 감나무는
이른 저녁부터 붉은 알전등을 높이 커고
추석 쇠러 오는 얼굴들을 기다렸다
송편 찌는 솥 아궁이에 불을 때며
바쁜 어머니의 일을 도우면서도
녹두알처럼 자꾸만 마음이 밖으로 튀었다
방울새도 하나둘 시누대* 숲으로 돌아오고
노란 다랑논 마지막 참새를 쫓고 나면
어스름 내리는 막차 시간이 가까워졌다

버스는 꼭 제 시간보다 늦게 왔다
멀리서 먼지가 풀풀 나면 냅다 뛰었다
갈대밭의 숨찬 바람도 맨발로 쫓아오고
코스모스는 황급히 길을 비켜주었다
달음질치다 벗겨진 고무신짝 어디쯤 있을까
살펴보며 보따리 받아 돌아올 때쯤
만면에 미소 가득한 둥근 달도 천천히
집으로 가는 우리를 따라왔다

그 후로 가끔씩 큰물이 졌고,

만월로 솟던 그리운 얼굴들도

함께 떠내려가곤 했다

오늘, 떠내려갔던 그 다리

오랫동안 끊어졌던 유년의 길에 다시 놓여

고무신짝 찾아보며

지금 맨발로 건너고 있다

_〈섶다리〉

• 조릿대 혹은 신우대라고도 불리는 볏과의 여러해살이 식물로,
  다 자라면 높이가 1~2미터에 이른다.

세계의 어둠을 알리고
별이 되다

솔밭근린공원 상단

이준열사묘역 입구

순례길의 마지막 코스인 이준열사묘역은 다른 곳에 비해 잘 조성된 공원 형태의 묘역이다. 보도블록이 깔려 있는 울창한 숲길을 따라 걷다 보면 "땅이 크고 사람이 많은 나라가 큰 나라가 아니고 위대한 인물이 많은 나라가 위대한 나라가 되는 것이다"라는 말씀을 담아낸 이준열사의 기념비를 만날 수도 있다.

　내 나라, 내 조국 없이는 희망도 미래도 있을 수 없다. 한때 나라를 빼앗기고, 잃어버린 조국을 되찾기 위해 흘렸던 피와 눈물을 어떻게 잊을 수 있겠는가. 조국으로 돌아갈 날을 오매불망 기다리는 독립투사들의 넋이 지금도 이역만리 외로운 원혼으로 떠돌고 있을 것이다. 누구라도 숙연해지는 그곳에서 아이들과 함께 산책해보자. 조국을 위해 고귀한 목숨을 희생한 독립투사들을 만나다 보면 자연스레 역사공부도 할 수 있을 것이다.

이준열사는 마흔아홉의 나이로 고종 황제의 위임을 받아 특사가 되었다.
헤이그에서 을사조약의 부당함을 알리려 노력했지만,
열국의 냉담한 반응에 할복자결로 대한인의 독립의지를 세상에 알렸다.

무한한 평화의
시간으로 이끄는
흰구름길

여름날 뭉게뭉게 솟아오르는 하얀 구름은

우리의 마음을 무한한 평화의 시간으로 이끌고 간다.

모든 것들이 왕성한 생명력을 뻗어가며

치열하게 자신의 영역을 넓히고

그 시간 속에서 구름은 평화와 생명의 메시지를 전한다.

그것은 하나의 축복이며 예시다.

초목과 동물들은 구름이 내리는 비를 마시고 자라며 생명을 키운다.

결국 우리는 구름을 먹고사는 셈이다.

장맛비가 지나가고 화창하게 갠 흰구름길.

맑은 하늘에 손이 닿을 듯한 구름전망대에서

파노라마처럼 펼쳐진 조망에 매료되어 보라.

세상의 중심에서 내가 산이 되고 구름이 되는 순간을 만날 것이다.

우리 모두가 이 세상 모든 만물 속에서 태어나고 빚어진

우주적 존재라는 사실에 고개를 끄덕이게 될 것이다.

잠시 세상에 머무는 구름으로

이 땅에 온 이유를 깊이 이해하게 될지 모른다.

그 무언가의 뼛속까지 스며드는 단비가 되기 위하여.

제3구간 흰구름길

이준열사묘역 입구 ~ 북한산생태숲 앞 4.1km, 2시간, 난이도 중

둘레길 탐방안내센터

이준열사묘역 입구

화장실

냉골지킴터   정자

화계사   화장실

전망데크

구름전망대

화장실

빨래골
지킴터   전망데크

북한산생태숲 앞

함께
걷는다는 것은

이준열사묘역 입구

정자

북한산생태숲 앞

고즈넉한 흰구름길을 걷다 문득 나의 발을 대신해준 등산화를 내려다본다. 제 몸을 바쳐 나를 지켜주는 아름다운 동행. 동행은 인생의 반려자이자, 역경을 함께 헤쳐나가는 귀한 벗과도 다르지 않다. 그렇기에 동행보다 더 아름다운 것은 없다. 누가 세상의 길을 끝까지 함께 걷겠는가.

빈센트 반 고흐는 화가가 되기로 결심한 후 평소 존경해왔던 프랑스의 사실주의 화가 쥘 브르통의 그림을 보기 위해 프랑스의 쿠리에르까지 일주일을 걸어갔다가 그의 호화스러운 생활에 실망한 후 일주일을 꼬박 걸어서 보리나주로 되돌아왔다고 한다. 그 후 '신발'이라는 명화가 탄생한 것이다. 고흐의 인생역정이 그대로 담겨 있는 이 그림을 통해 사람들은 높아지는 것보다 낮아지는 것이 더욱 힘들다는 것을 깨치게 된다. 낮아진다는 것, 그것은 곧 일체의 둑이 사라진 바다를 얻는 일이다. 모든 빗방울과 모든 강물이 의심하지 않고 뛰어드는 진리의 바다를.

끈 풀어놓고

쉬고 있는 등산화

무슨 생각 하는 걸까

힘들고 먼 길 참 잘 걸어왔구나

내 발바닥 대신해서

살이 되어준

내가 내어줄 발바닥

대신해서 살 내어준

늘 바닥이 되어서

늘 바깥이 되어서

먼저 내어주고

먼저 막아주다

제 몸 먼저 닳아 온전히 바치는

아름다운 동행

_〈등산화〉

동행보다 아름다운 것은 없다.
이 세상의 험난한 길을
누가 끝까지 함께 걷겠는가.

화계사
배흘림기둥 앞에서

이준열사묘역 입구

🏯 화계사 ●

북한산생태숲 앞

무언가를 담기 위해서는 먼저 비워낼 줄 알아야 한다. 말도 생각도 음식도 재물도, 어떤 경우에나 마찬가지다. 자신이 취한 것을 남에게 선과 덕으로 용기와 희망으로 건네줄 수 있을 때 진정한 가치를 발휘한다.

욕심을 한껏 내어 자신 안에 쌓아두기만 하면 머지않아 탈이 나고 만다. 쌓아둔다는 것은 둑을 만드는 일이다. 아무리 좋은 물이라 할지라도 저수지는 일정 수위에 이르면 아낌없이 흘려보낸다. 그 물이 만물의 생명이 되고 덕이 된다. 마침내 진리가 된다.

화창한 햇볕을 만끽하며 흰구름길을 한 시간가량 걷다 만난 화계사. 그 길목에서 사람들을 내려다보는 배흘림기둥을 보며 더 부르지 않고 더 부족하지 않은 덕을 생각한다. 더함도, 덜함도 없는 적당한 삶을 살고 있는가에 대하여 생각한다.

배가

고프지도 부르지도 않은 듯

보기 좋게

삼분의 일 지점이 조금 불룩한

삼각산 화계사 일주문의

저 기둥, 어떻게

저토록 오묘하게 배를 흘린 것일까

혹시, 저것도 착시현상은 아닐까

탐심과 의혹 가득 찬 내 눈에는

질문만 자꾸 늘어난다

늘어나서 아랫배만 나온다

어떡하면 저 기둥의 배가 될까

아무리 배흘림기둥에 물어봐도

묵묵부답,

답이 없다

자루 같은 이 욕심 끈 풀어

뒤집는 것밖에는

_〈기둥과 배〉

화계사의 배흘림기둥을 보며
더 부르지 않고 더 부족하지 않은
덕에 대하여 생각한다.
더함도, 덜함도 없는 적당한 삶을
살고 있는가에 대하여 생각한다.

잠언을 듣는
구름전망대

함부로 다가갈 수도, 쉬이 손에 넣을 수도 없는 아름다운 자연은 보는 이로 하여금 경외감을 불러일으키고, 때로는 찬탄의 대상이 된다. 둘레길 굽이마다 우뚝 서서 세상을 굽어보는 층암절벽이 그러하다.

이준열사묘역에서 북한산 생태숲 방향으로 울창한 길을 따라 걷다 보면 12미터 높이의 구름전망대를 만나게 된다. 구름을 와락 껴안을 듯 우뚝 솟은 그곳에 오르면 북한산, 도봉산, 수락산, 불암산, 용마산 등의 산봉우리가 물 흐르듯 흘러가는 장관을 한눈에 조망할 수 있다.

언제 보아도 장엄한 바위봉우리들, 거대한 암봉군이 모여 이룬 저 장엄한 산맥은 때로 비밀스레 쌓아올린 성채인 듯하다. 구름이 이따금씩 감싼 가운데 우리가 알지 못하는 어떤 신들이 머물다 가는 신비의 왕국.

구름전망대에서 바라본 도봉산.

　닿을 수 없는 그곳은 높이와 깊이를 배우고 겸손과 덕을 고요
히 깨치게 하는 거대한 잠언의 세상이다. 바삐 흘러가던 구름이
저 장엄한 봉우리 앞에서 잠시 걸음을 멈춘 까닭은 우문현답과
같은 인생의 섭리와 잠언을 듣기 위함일까. 여기에 멈추어 암벽
을 바라볼 때면 누구나 걸음을 멈추는 한 점 구름이 된다.

빨래골에서
바람에 귀를 기울이면

이준열사묘역 입구

빨래골 지킴터

북한산생태숲 앞

구름전망대를 오르내린 뒤에 잠시 쉬어갈 곳을 찾는다면 빨래골 지킴터를 추천한다. 예로부터 물이 맑고 수량이 풍부해 대궐의 무수리들이 빨래터 겸 휴식처로 찾던 곳이다.

요즈음에는 가문 날이 많아 물길이 말라 있을 때도 많지만, 한여름에 한바탕 소낙비가 들이친 다음이라면 시원한 물줄기에 땀을 식힐 수 있을 것이다.

배낭을 내려놓고 바람소리에 가만히 귀 기울이면 빨랫감 두드리는 방망이질 소리 점점 커진다. 화르르 화르르 꽃잎이 날리는 봄날, 계곡물 흐르는 삼각산에 앳된 무수리들 소풍이라도 나온 듯한 즐거운 웃음소리가 들리는가. 바람결에 실린 그 만화방창한 웃음에 골짝은 긴 겨울의 침묵을 깨고 생동하는 봄기운이 가득하다. 눈을 뜨면 그때는 아득히 멀어지고, 오랫동안 빨랫감을 잊은 물길만 나직거리고 있다.

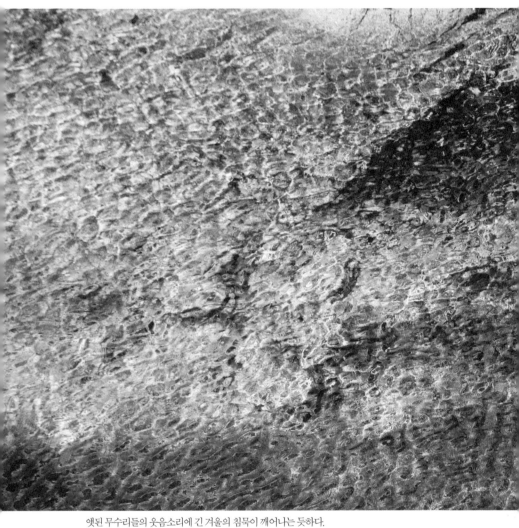

앳된 무수리들의 웃음소리에 긴 겨울의 침묵이 깨어나는 듯하다.

칼바위능선 아래 계곡물은
봄이라지만 아직 얼음처럼 차갑다

아청색 무명 치마저고리에
버들가지마냥 귀밑 솜털 뽀얀 무수리들
빨래는 뒷전이고, 소풍이라도 나온 듯
수다를 떨고 있다
저러다가 또 큰 상전무수리한테 혼쭐이 나지
까르르 까르르 웃음소리 퍼질 때마다
복사꽃 산벚꽃 환하게 벙그는 산골
궁궐 밖도 꽃대궐이다

두고 봐, 나는 꼭 승은상궁이 될 거야
이 우중충한 옷을 벗고 당의를 입을 거다
언감생심 넘볼 것 넘봐야지?
여자 팔자에 무수리만 있고,
숙원 되지 말란 법 있남?
주고받으며 점점 더 커지는 방망이 소리
삼각산 골짜기를 울린다

감았던 눈 뜨면 그 무수리들

온데간데없고

소풍 나온 아이들 소리만 왁자한 빨래골

오랫동안 빨래를 잊어 이끼 긴 바위만이

그때를 회상하며

잦아드는 물소리 고즈넉이 듣고 있다

_⟨빨래골⟩

어머니의
목소리가 깃든
솔샘길

어머니는 발원지다. 존재의 시원이다.

가장 깊고 맑고 고요한 곳에서 솟아 어느 것과도 섞이지 않는

고유한 비중과 밀도를 갖고 천리만리 흐르는 샘물이다.

샘물은 그렇게 지상의 첫길을 열었고,

세상의 모든 길은 어머니에게로 향하는 걸음걸음이다.

어머니는 북극성이다.

모든 것이 바뀌어도 항상 제자리를 지키며 빛나는 별.

내가 길을 잃었을 때, 아무리 어둠이 깊을지라도

고개 들어 길을 찾게 하는 우주에서 가장 빛나는 이정표다.

솔샘길에는 소나무 사이에서 솟는 모천母泉과 같은 송천松泉이 있어서

낮은 세상을 향해 흘러가는 맑은 물소리가

자분자분한 어머니의 음성으로 들려온다.

맑고 시원한 물소리와 솔바람소리가

귓가를 맴도는 이 길을 걷다 보면

어머니 품에 안긴 듯 아늑하다.

그 따뜻한 온기를 머금어 우리는 아픔과 슬픔을 모두 품을 수 있다.

둘레를 걸으며 나는, 그리고 누군가는,

성모상 같은 혹은 미륵불 같은 어머니의 모습을 다시 발견할지 모른다.

어머니는 내가 종교를 알기 전부터 알고 있는

유일한 나의 신앙이기 때문에.

제4구간 **솔샘길**

북한산생태숲 앞 ~ 정릉주차장 2.1km, 약 1시간, 난이도 하

북한산
생태숲 앞

전망대 (쉼터)○ ○
   ○ 체육시설

쉼터 ○ 화장실
      ◎

화장실 ◎
○테니스장

보덕사 🏛

정릉주차장

꿀벌과
꽃향유

발길 닿는 곳마다 보랏빛 박하 향 나는 꽃향유 곱게 피었다. 무엇을 먹고 또 무엇을 버렸기에 이토록 향기로울까. 몸 속 어디에 깊은 샘 있어서 이렇듯 길손의 머릿속을 맑아지게 하는 것일까. 아무런 화장도 하지 않은 맨얼굴에서 이 고운 빛은 어찌 나는 것일까. 꿀풀과의 이 식물은 가을께 만날 수 있는 야생화란다. 꿀이 많아 벌도 많이 찾지만, 말려서 차로도 먹으며 향이 강해 방향제로도 쓰인다. 또한 한방에서는 줄기나 잎을 말려 두통, 복통, 설사 등을 치료하는 약으로도 쓰인다니 외면과 내면 모두 버릴 것 하나 없이 참으로 아름답다.

이렇게 귀한 꽃인 줄도 모르고 사람들은 한 줌 꺾어내거나 성큼 발 내디뎌 밟기도 한다. 가을 양식을 구하러 나왔다가 그 광경을 본 꿀벌이 제 꽃 지키려는 듯, 꽃향유에 앉아 좀처럼 일어설 줄 모르고 있다.

꿀풀과의 보랏빛 꽃향유

둘레길 어디나 향기롭다

지금 가을의 향기를 누리러

북한산 둘레길 걷는 사람들

그래 그렇지, 바로 그렇지

늦더라도 꽃피는 때가 봄이지

한 번은 꽃도 피워보고 곱게 물들어봐야지

그리고 또 열매도 거둬봐야지

그렇지 않고 어떻게 꽃피는 것들의

물드는 것들의, 열매 있는 것들의

그 고운 마음과 기쁨을 알랴

이 모든 것이 궁금한 꿀벌 한 마리가

가을 양식을 구하러 나왔다

머리 박은 채 알아보고 있다

지금은 모두가 은혜로운 계절

꽃과 열매와 낙엽 뚝뚝 질 때도

지는 것들의, 아픈 것들의 우수와 고통도

함께 누릴 줄 아는 이 가을

_〈꽃향유〉

무엇을 먹고 또 무엇을 버렸기에
이토록 향기로울까.
몸 속 어디에 깊은 샘 있어서
이렇듯 머릿속을 맑아지게 하는 것일까.

그리운 마음이
고이고 고여

북한산
생태숲 앞

고향을 닮은 집

정릉주차장

꽃향유를 만난 지점에서 다시 십 분 남짓 솔샘길을 오르면, 소박한 집 한 채가 맨발로 뛰어나와 반겨주시던 어머니처럼 반갑게 나를 맞이한다. 그 집을 바라보노라면 문득 고향을 떠나 서울에 터를 잡기까지 내가 걸어온 수많은 길이 떠오른다.

연어들이 목숨을 걸고 수만 킬로미터를 거슬러 모천을 찾아가듯, 그리운 것들을 찾아 걸어온 나의 길, 나의 인생. 고향의 수더분한 풍경을 꼭 닮은 그 집을 마주하면 그리운 마음이 고이고 고여 마침내 단단하고 높게 쌓였던 마음 둑의 만수위를 채우고 넘쳐흐른다.

이처럼 그리움이 흐를 때 우리의 마음 또한 한 마리 물고기가 되어 대상을 향해 나아간다. 마침내 그 절절한 그리움 앞에 당도하는 순간 우리는 눈물이 되어 무너지고 만다. 고향길을 꼭 닮은 바로 그 집, 그 아련한 풍경 앞에서.

세상 어느 길이 이보다 더 행복할 수 있으랴
이제 조금만 더 가면, 바로 저기가
어머니 계시는 삼양동 집이다

내가 아무리 커도
바다에 드는 한 방울의 물방울
내가 아무리 나이를 먹어도
철이 덜 난 물가의 아이

북한산 둘레길 돌다 그만 어두워진 저녁
세상의 모든 아이들이 그런 것처럼
밤이 되니 더욱 집 생각이 난다

어머니
오늘도 대문 밖 멀리 귀를 열어놓고
발소리 듣고 계실 것이다

_〈집으로 가는 길〉

어머니의 해가
뜨고 지는 곳은

가을이 오면 불빛을 켜고 길손을 맞이하는 산사나무는 꼭 어머니의 등불 같다. 길 떠나는 자식을 걱정하며 어둠 속에서 등불을 들고 버선발로 배웅을 하시던 나의 어머니. 그날따라 어머니는 한없이 작아보였다. 어머니가 바라보는 곳은 해가 뜨는 곳도 아니며 해가 지는 곳도 아니다. 오직 자식이 있는 곳, 그곳에서 어머니의 해는 뜨고 지며 어머니의 눈물 또한 별처럼 뜨고 진다.

어머니는 외지고 어두운 길에 서 있는 꺼지지 않는 내 마음의 외등이다. 길을 걷다 만난 저 붉은 산사나무 외등도 어머니께서 켜놓으신 것일까? 발길을 멈추어 다시 돌아보니 등불 들고 서 있던 나무는 보이지 않고 한 덩어리 불빛만 아스라이 멀다.

혼자 가는 길
어둠이 내렸다

신발 끈 단단히 묶고 일어서다

마주치는 환한 등불

다시 바라보자

돌부리 조심하라는 듯 높이 들어준다

조금 가다 다시 또 뒤돌아본다

불빛에 파묻혀

얼굴 보이지 않는

언덕의 저 등불

누가 들고 있는 것일까

_〈산사나무〉

산사나무 열매는 어머니가 들고 있던 등불을 꼭 빼닮았다.

감을 꼭 닮은 고욤이 가지마다 알알이 매달려 단잠을 잔다.

솔샘길이 고향과 어머니의 정취를 심어주는 까닭은 또 있다. 흔히 만날 수 없는 고욤나무 한 그루가 길모퉁이에 버티고 선 풍경이 그렇다. 돌멩이 하나 던지면 유리창처럼 쨍그랑 부서져 내릴 것 같은 쪽빛 겨울하늘 아래 까맣게 익은 고욤나무 열매가 쭈글쭈글하다. 누가 다 빨아먹은 것일까.

겨울밤, 항아리에 저장해두었다가 꺼내 먹던 연시보다 더 맛있고 차로도 끓여 먹었던 고욤. 먹을 것이 귀했던 옛날에는 감나무에 고욤을 접붙여 수확량을 늘리곤 했는데, 가끔은 접을 붙이는 대목臺木으로 사용하지 않고 그냥 길러서 가지마다 고욤이 익기를 기다리던 때도 있었다. 감나무야 지천에 널려 겨울이 다가오면 아이이고 어른이고 맛을 보지만, 고욤은 이제 목재나 땔감으로 써버려 만나기가 쉽지 않다. 둘레길을 걷다 문득 마주친 고욤나무 한 그루가 새삼 반가운 까닭이다.

지독하게 떫은 맛

벌레도 입을 대지 않던

소 젖꼭지를 닮은 열매

눈 돌린 사이

서리 다 맞고 고욤고욤

까맣게 익었다

군천자楛遷子*의 맛을 아는

겨울 하늘이 아껴두고 빨아먹어

쭈글쭈글해졌다

_〈고욤〉

• 한방에서는 햇볕에 말린 고욤 열매를 군천자라 부르며
  갈증을 없애거나 해열을 하는 데 처방한다.

쪽빛 겨울하늘 아래 까맣게 익은 고욤이 주렁주렁 매달려 있다.

애벌레의
중중무진

북한산
생태숲 앞

텃밭

정릉주차장

정릉주차장이 가까워지자 사람의 손길이 정성스럽게 닿은 가지런한 배추밭이 하나 있다. 보드라운 속살 이곳저곳을 파고드는 애벌레에게 선뜻 자리를 내주면서도 배추는 말이 없다. 내 것과 네 것을 가리지 않는다는 듯.

속 없이 제 것 다 내어주는 배추를 바라보자니 독한 농약 한번 안 치고 농사 지으시던 장인어른 생각이 난다. '같이 살아야지' 하며 웃으시던 그 넉넉한 마음에 절로 고개를 숙이지 않았던가.

이것이 바로 인드라망이라고 하는 인연의 그물망이다. 이렇듯 모든 것은 돌고 돌아 만나고, 서로와 긴밀한 연을 맺고 살아간다. 미물인 애벌레 한 마리조차도 하나의 배추와 연을 맺고 집을 짓듯이.

그래, 이처럼 가만히 생각해보면 이 세상에서 일어나고 있는 일들 가운데 결코 우연한 것은 없다.

애벌레에게 선뜻 제 속살을 내어주면서도 배추는 말이 없다.

삼각산이 내준 터에 자리 잡고
여든 넘게 터알 가꾸며 살아오신 장인어른, 올해도
이슬방울 앉았던 자리마다
구멍 숭숭한 무와 배추농사 지으셨다

그 역시 대를 이어 같은 산자락에 살고 있는
배추흰나비 애벌레가 먹은 거란다

잡지 않으시나요?
'벌레도 주인이지'
어느 것도 모나지 않게 떠낸 둥근 원융의 묘리
이빨자국도 보이지 않는다

약도 안 하시나요?
'같이 살아야지'
공의 중중무진 천지가 동근인 이치
꿰뚫어낸
애벌레 한 마리가 제가 먹은 공孔 속으로
공空 속으로 날개 만들러 가고 있다

나는, 저 공의 반찬을 얼마나 더 먹어야
배추흰나비로 날 수 있는 것일까
잎잎에 앉았던 이슬방울이
안팎 없는 공의 알임을 깨우친 애벌레의,

공생孔生은 공생空生이요, 공생共生이다
_〈공생〉

무거운 마음을
날려보내는
명상길

인위적인 것에 포섭되어 살다 보니

사람들은 대부분 자연성을 잃어버린 채 산다.

물질문명과 인간의 편견에 갇혀버린 현대인들이

자연성을 회복하고 그들과 공존하려면

어떤 노력부터 시작해야 할까.

사람이 자연에 다가가면

자연 또한 한걸음 가까이 다가선다.

우리는 산으로 강으로 들로 나아가

자연의 자리를 빼앗으며 문명의 외연을 확장해왔을 뿐…….

자연과 문화적 교류를 나누고 소통하며 상생하는 법을 잊고 살아왔다.

오랜 세월 가시철망을 두르고 하늘 높이 담을 쌓고 살아왔다.

다시금 자연의 품에 들기 위해서는

폐광의 갱도처럼 꽉 막힌 귀를 열어야 한다.

아무것도 알아들을 수 없는 이명耳鳴의 귀로는 소통할 수 없다.

이 길에서 모든 말들을, 모든 생각을 내려놓자.

침묵하는 산이 이 세계의 모든 말과 언어를 삼키듯

우리는 먼저 자신에게 침묵할 줄 알아야 한다.

제5구간 **명상길**

정릉주차장 ~ 형제봉 입구 2.4km
1시간 10분, 난이도 상

정릉주차장
🏛 탐방안내소
🚻 화장실 (수세식)
법륜사 🏯
배드민턴장
🚻 화장실
왕녕사 🏯
구복암
형제봉입구 • 북악산갈림길

눈물은 상처에서
떨어진다

명상길을 오르다 만난 두꺼비 바위, 이 바위를 보면 이따금씩 가슴이 시큰거린다. 어린 여동생 생각에 목이 메어 그 옛날 흑백 사진첩을 뒤적이듯 어린 시절이 떠오른다.

비가 오던 흐린 저녁이었다. 개울물이 불어난 건널목을 잘하면 건널 수 있을 것 같아 여동생을 업은 채로 폴짝 뛰었지만 바위가 미끄러워 넘어지고 말았다. 포대기를 둘렀으므로 양손을 짚을 수도 있었으나 무의식중에도 동생이 다칠까 봐 꼭 붙잡은 손을 놓을 수 없어 그만 이마를 바위에 짓찧고 말았다. 그때 생긴 상처가 지금도 오른쪽 눈썹 위에 흉터로 남았다.

부모님께서 막내 여동생을 늦게 보셨기에 오빠들과 나이 차가 많은 데다, 어린 나이에 엄마 품을 잃은 여동생이 늘 안쓰럽고 안타까웠다. 막내는 늘 그렇게 슬픔이었고 눈물이었으며 아픔이었다. 그 여동생이 시집을 갈 때 나는 비로소 어머니의 마음이

명상길에 홀로 앉아 길을 굽어보는 듯한 바위, 그 모습이 꼭 두꺼비 같다.

되어 가슴의 통증을 알았고 눈물은 밤새도록 그 틈새를 비집고 흘러들었다. 그 후로 떡두꺼비 같은 아이를 키우는 여동생이 이따금 전화를 걸고서는 말을 잇지 못하고 울 때가 있다. 그럴 때면 다 타고 불길 지나간 장작처럼 숯이 된 나의 슬픔이 매운 연기를 뿜어내며 말간 숯불을 다시 피워올린다. 저 먼 기억 속의 아픈 불꽃들이 지펴지는지, 가끔씩 따닥거리는 소리를 내면서.

허방을 딛고
오르는 꽃

정릉구사장

형제봉입구 북악산갈림길

한 시간 남짓 거리의 명상길을 쉼 없이 걸어오르면 북악산 갈림길을 기점으로 경사진 비탈이 이어진다. 이 가파른 비탈길을 흰머리가 만년설처럼 내려앉은 할머니 한 분이 색동 같은 손수건을 접어 이마에 두르고 나비처럼 사뿐사뿐 오르고 있다. 그 걸음은 흡사 지주를 감고 오르는 능소화의 모습을 닮았다.

임금의 승은을 입었다가 다른 비빈들의 시샘으로 구중궁궐의 가장 깊은 곳으로 밀려났다는 궁녀 소화의 이야기. 홀로 임금의 발길을 그리다 그만 상사병에 걸려 세상을 떠났고, 그가 죽은 자리에서 담을 따라 꽃이 피어나 능소화로 불리었다 한다.

얼마나 무수한 헛손질을 하고 난 다음에야 허공에서 담벼락을 붙잡을 수 있었을까? 나락으로 떨어지는 허방을 또 얼마나 많이 디딘 후에야 허방을 비켜서서 제 꽃송이를 일으켜 세울 수 있었을까?

임금을 기다리다 상사병으로 세상을 떠난 후 꽃으로 피어났다는 능소화.

　지난한 세월을 보내다 머리가 희어버린 할머니의 걸음은 흡사
뜨거웠던 열정의 불꽃을 선禪의 세계로 승화시키는 고귀한 걸음
이다. 의심할 것도, 잃을 것도 없는 저 고요한 걸음은 보는 이로
하여금 잠시 우리를 선의 세계로 이끈다.

탄흔의
북악하늘길

정릉주차장에서 명상길을 따라 한 시간가량 걷다 보면 북악산 갈림길이 나오는데, 바로 이 지점에서부터 성북천 발원지로 이어지는 북악하늘길에는 아픈 역사의 현장이 있다. 하늘전망대에서 성북천 발원지 중턱에 자리잡은 호경암이 바로 그것이다.

1968년 1월, 청와대를 습격한 무장공비 김신조 일당은 자하문에서 경찰과 교전을 벌이다 성북동 뒷산과 구진봉 일대로 흩어져 도주하였다. 그러나 국군이 이들 중 일부를 호경암에서 발견하여 총격전을 벌이다 세 명이 사살되었는데, 그 당시의 치열한 교전으로 50여 발의 총탄자국이 남았다. 그 후 이 구간은 '김신조 루트'라는 이름을 갖게 되었고, 오랜 세월 역사 속에 묻혀 있다가 2009년에야 일반인에게 개방되었다.

바쁜 일상을 살아가는 사람들. 그들의 기억 속에서는 이 사건이 점점 잊히고 있지만, 바위는 그날을 생생히 기억하고 있다.

산천을 뒤흔드는 세찬 총성과 까닭 없이 맞서 견제하며 마음과 마음이 서로를 밀어내는 소리를.

이처럼 모든 것은 바람이 지나간 후에야 극명하게 그 모습을 드러낸다. 바다를 흔들고 장강을 뒤집어버릴 수 있는 것은 오로지 바람뿐이다. 그러한 바람은 어딘가 흔적을 남기고 모습을 감추나 결코 소멸되지 않는다. 나무뿌리를 송두리째 뽑아버리기도 하고 여린 풀꽃들의 머리를 쓰다듬어주기도 한다.

우리 근대사의 흔적들이 탄흔으로 남은 북악하늘길에서 우리는 새로운 역사와 새로운 시대가 요구하는 패러다임이 무엇인지 한 번쯤 깊이 있게 성찰해볼 일이다.

오래전 된바람 불어

사십 년 넘게 굳게 닫혔던 북악하늘길

탄흔으로 남은 근대사의

발자국 복잡한 능선을 걷는다

입구부터 바람이 드세다

구불구불 구부러진 소나무들

바람 앞에서 역사는 저렇게 굴절되고 휘면서도

눈꽃을 피우고 진화해간다

이 새로운 역사의 길 열기 위해

바람의 최전선에서

직접 몸으로 부딪쳐 막아내고

총알을 받아낸 마루금의 소나무들이

눈보라 속에서 펄럭이며

리본을 흔들어 갈길 알려주고 있다

갈수록 시야가 막히고

눈 속에 파묻히는 세상

싸락눈이 볼때기를 따갑게 때린다

어지러운 흔적 다 지운 눈밭

눈 크게 뜨고, 발자국 놓으라 한다

_〈북악하늘길〉

거센 총성을 기억하듯 호경암의 바위에는 붉은 상처가 남았다.

꿈은
동사다

정릉주차장

형제봉입구 ● 하늘전망대

하늘전망대에 오르니 서울이 한눈에 굽어보인다. 오래전에 내려 다보았던 풍경과는 사뭇 다르다. 고층빌딩이 헤아릴 수 없이 많아졌고 집도 더욱 빼곡해졌다. 내 마음도 전보다 더 빼곡해진 듯하다.

이런저런 생각을 하다 보니 삼십여 년 전, 이 도시에 첫발을 내디뎠던 그날이 떠올랐다. 까까머리 고등학생이던 내가 꿈꾸었던 미래. 막연하게, 그 도심에 발을 들이면 꿈에 한발 다가설 것만 같았다. 젊은 날의 치기 어린 마음과 무엇이든 해낼 것만 같았던 알 수 없는 용기.

그러고 보면 동사 없이 이루어지는 꿈은 없다. 무엇도 행위 없이는 이루어지지 않는다. 목적이 행위를 낳고 행위가 그 목적을 이루게 한다. 목적을 찾아 꿈이 있는 곳으로 이동하는 것이 사람들의 자연스런 습성이다. 그러나 꿈이란 놈은 꼭 도시에 있는 것

일까? 때로 도시의 꿈은 너무 높고 너무 혼탁하고 너무나 상처
투성이이다.

마음이 답답한 날 우리는 왜 하늘을 보는가. 한 호흡 쉬어야
하는 마음의 휴지부를 만들지 않으면 우리의 가슴은 질식할 듯
답답해진다. 우리는 왜 높은 곳에 오르고자 하는가. 잃어버린 전
망을 확보하지 않으면 길이 보이지 않기 때문이다.

그렇게 상처 많은 날에는 가끔 산에 올라 도심을 내려다보라.
그 생각 속에서 답답한 마음을 들여다보면 문제의 실마리가 보
일지도 모르는 법이니.

하늘 높이 솟은 하늘전망대가 내게 말을 건넨다. 높이란 언제
나 깊이에서 나오는 법이라고. 한 발짝 걸었을 때 우리는 높아지
는 것이 아니라 더 깊어져야 하는 것이라고.

서울,

하늘이 꾸었던 미완성의 그림

그림을 완성하는 것은 사람뿐이다

북악산 하늘전망대에 서면

서울사람들이 꾸고 있는 꿈들이 보인다

별이 하늘을 떠나지 못하듯

서울이 꿈이어서 별처럼 시리게 돋는

꿈을 떠나지 못하고

별똥별이 지는 새벽부터 심야까지

불 켜고 사는 특별시의 도시민들

집었다 놓기를 반복하며

잘 맞춰지지 않는 복잡한

퍼즐조각 같은 꿈들이 보인다

풀어도 잘 풀어지지 않는

숙제와 같은 그 꿈들이 보인다

고개를 젖히고 바라보는 하늘

꿈에서 떨어져 나온 편편금들이

구름조각 되어 흘러가고 있다

_〈하늘전망대〉

북악산 하늘전망대에 서면 서울 시내가 파노라마처럼 펼쳐진다.

한 폭의
그림 같은
평창마을길

북한산 형제봉과 보현봉 아래 펼쳐진 평창마을길은
어느 곳을 걸어도 한 폭의 그림 같은 풍경이 눈에 들어온다.
고요하면서도 생동적인 풍경.
둘레길을 따라 한 폭의 그림 속으로 걸어 들어가는 순간,
우리의 인생 또한 한 폭의 그림으로 재탄생한다.
내가 무엇을 그릴 것인가 마음먹기에 따라
걷는 인생길이 확연히 달라진다.
걸으며 형성되는 그 길에 따라 그려지는 그림이 다르고
아무도 그려내지 못하는 나만의 고유한 풍경이 만들어진다.
남은 생을 살아가는 동안 어떤 그림, 어떤 풍경을 만들 것인지
그림 같은 풍경을 보면서 되짚어보라.
이 길 위에서 가만히 바라보는 북악산과 인왕산은
낯설거나 이상적인 세계의 발견에 대한
신선한 충격이 될 것이다.
그 속내를 찬찬히 들여다보라.
그러면 풍경은 당신을 백석동천의 백사실계곡이나
인왕제색도 속의 청계동천으로 불러낼 것이다.
혹시 아는가? 그 동천과 회화 속 길을 걷다가
시대와 나이와 시간을 초월하여
마음이 통하는 백년지기나 가인을 만나게 될는지도.

제6구간 **평창마을길**

형제봉 입구 ~ 탕춘대성암문 입구 5.0km
2시간 30분, 난이도 중

평창공원지킴터
간이화장실

형제봉입구

혜원사

청련사

구기분소

화장실   전심사   보각사

탕춘대성암문 입구

마음의 화선지를
물들이는 단풍

형제봉입구
● 단풍나무

탕춘대성암문 입구

평창마을길은 총 길이 5킬로미터에 두 시간 반 정도를 걸어야 전 구간을 다 둘러볼 수 있다. 길의 초입에서는 주택가를 거닐며 가볍게 산책할 수 있지만, 마음먹고 끝까지 걷기로 생각했다면 평창공원지킴터를 기점으로 가파른 구간이 이어지므로 미리 준비운동을 해두어야 한다.

햇볕이 좋은 가을, 이 길에서는 맑고 단아한 단풍나무를 자주 만나게 된다. 그런 단풍을 보면 어느새 내 마음도 함께 물들 것만 같다. 자연의 빛깔에 물든다는 것은 물감을 빨아들이는 화선지처럼 순수한 감성을 지니고 있다는 뜻이다.

사계절 내내 단풍나무가 받아들인 비와 바람과 햇빛이 어우러져 빚어낸 붉은빛, 그 선명한 빛은 바라보는 것만으로도 우리의 마음을 곱게 물들인다. 한 번도 꺼내지 않았던 마음의 화선지에 황홀한 빛이 스며들어 색색으로 물들듯.

가을 하늘 아래, 햇살을 머금은 붉은 단풍이 마음을 물들인다.

연옥의
계절

평창동 일대는 인적이 드문 한적한 산촌마을이었다 한다. 지금은 개발의 여파로 도로가 잘 정비되어 있고 고급주택 또한 즐비하지만, 개발이 제한되었던 시절에는 군사시설 보호구역도 많았고, 지금의 자하문길이나 세검정길도 예전에는 포장이 안 된 좁은 도로였다.

이곳 평창동은 북한산과 북악산의 기운이 분지로 형성되어 예로부터 '백호'의 기운을 가진 땅이라 불리었는데 그런 덕분인지 작가와 연예인, 화가와 같은 예술인들이 모여 살기에 좋은 터로 유명해지기도 하였다.

사천왕이 길손을 맞는 연화정사를 비롯해 혜원사, 청련사, 전심사, 보각사 등 평창마을길 구간 굽이굽이 위치한 절들과 마을 어귀나 골목마다 들어선 미술관과 아트센터를 둘러보는 것이 이곳의 묘미이다.

예술과 종교를 융성하게 하는 특별한 기운 덕분인지 나무 한 그루, 풀 한 포기도 예사롭지 않다. 그런 생각을 하던 찰나, 평창공원지킴터에서 은사시나무 한 그루가 눈에 들었다.

사랑의 열병을 앓는 듯, 두꺼운 이불을 몇 채 덮어쓰고도 오한을 앓던 은사시나무. 불시에 찾아든 늦가을 비를 맞고 불덩이가 된 저 나무는 하얀 맨살을 앙상히 드러내고 열에 들떠 있다.

키니네, 키니네!* 헛소리를 하듯 그 사랑의 이름을 부르며 혼이 나가도록 생에 없던 연옥燃獄의 뜨거운 계절을 속절없이 호되게 앓고 있다.

---

* 키니네는 퀴닌이라고도 불리는 약재이다. 이 성분을 추출해 만든 약은 말라리아 치료에 효과적이며 해열제나 강장제로도 사용된다.

높고 푸른 가을 하늘 아래 은빛 맨살을 앙상히 드러맨 은수원사시나무 한 그루.

갈아입을
옷 한 벌 없는데
몰래 다녀간 늦비
흠뻑 젖었다

온몸이 불덩이
얼마나 더 쩔쩔 끓어야
이 오한 멈출까
모든 이불이 춥다

_〈은수원사시나무〉

이 길 지나다니며

무심히 바라본 것 밖에는

생각나는 것이 없는데

자꾸만 뒤돌아보게 만드는 저 나무의 꽃향기

나무는 나도 모르는 기억을 갖고 있다

이따금씩 함께 비를 맞거나

꽃 지고 붉은 꽃받침 위에

보석처럼 올라앉은 진한 남빛 열매

내 좋은 사람의 브로치로 여기며

한걸음 더 가까이 다가가 바라본 것 밖에는

분명 아무것도 한 일이 없다

고약한 누린내가 난다는

저 취오동臭梧桐에서 내가 맡은 것은

코코 샤넬 향수보다 더 감미롭고 은은한

향기뿐이다

저 나무, 한 번도 이 산 이 골짜기 떠나지 않고

멀리 뻗은 뿌리 맑은 물 길어

제 몸 가장 깊은 곳에서 만든 꽃물

휘발되어 날아가도 남는 것

그것이 무언지 알겠다

향기로, 열매로 걸음 세워 바라보게 만드는

저 나무의 기억 속에 색인된

그것

_〈누리장나무〉

잎과 줄기에서 누린내가 난다 하여 재미있는 이름이 붙은 누리장나무.

자기고요

호젓한 평창동 거리는 내 안의 고요를 일깨우곤 한다. 나무가 나무일 수 있는 것은, 바위가 바위일 수 있는 것은 나무도 바위도 가장 깊은 곳에 고요를 품었기 때문이다. 이 자기고요가 있음으로써 산속 같은 평화가 유지되고, 나는 나다움을 나무와 바위는 그다움을 유지하며 천지자연과 소통하게 된다.

'자기고요'를 잃는다는 것은 곧 자기를 잃는 것이다. 소란하고 무질서해진 산만한 정신으로 중심을 잃고 자기의 본질을 벗어나 남의 말과 생각에 종속되고 마는 일이다.

자기 안의 얼음 같은 이성을 잊고 화를 다스리지 못하는 이들을 간혹 본다. 자신의 평화는 물론 세상의 질서와 평화에 돌을 던지고 마는, 참으로 어리석은 이들을 볼 때마다 구기분소의 고요를 떠올려본다.

한겨울 구기동 계곡

꽝꽝 언 물고기의 집 누가 왜?

저 집의 견고한 평화를 시험해보는 것이냐

여울물 소리 맑은 선율로 흐르고

청빙의 고요에 눈 내린 지붕

아무런 흑막이 없는데,

길바닥의 있는 돌 없는 돌 다 빼어

쿵, 쾅, 던저보는 것이냐

사람 소리만 나면

재빠르게 바위 아래 숨는 물고기들

무슨 죄가 있느냐

그대들 누가 보낸 하속이더냐

'돌' 던지지 마라

깨지고 무너지는 하늘

한 집의 가장 되어보면 그 심정

더 절절하게 아는 날 있다

_〈버들치의 집〉

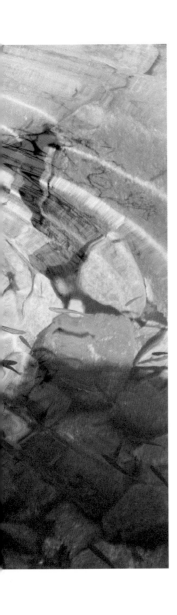

세상에 함부로 돌 던지지 마라.
한 집의 가장이 되어보면
그 심정을 누구보다
더 절절하게 아는 날 있다.

꽃처럼 피는 비밀은
아름답다

형제봉입구

탕춘대성암문 입구 ● 백사실계곡

시원한 계곡을 만나고 싶다면 부암동으로 걸음을 옮겨 백사실 계곡을 찾아가보자. 전심사에서 탕춘대성암문 방향으로 걷다가 첫 번째 갈림길에서 세검정으로 방향을 잡아 걸으면 백사실계 곡 입구인 현통사가 나온다.

주변 경치가 빼어나 18세기부터 양반들이 별장을 짓고 쉬어 갔다는 백사실계곡은 '오성과 한음'의 오성이자 조선 중기의 명신이었던 이항복(1556~1618년)이 별장을 지었던 곳이기도 하고, 그 이후에는 추사 김정희(1786~1856년)가 이 터를 사들여 머물렀다고 한다.

서울의 별서別墅인 백사실. 어느 한 곳도 도심에 물들지 않은 평온한 공간이다. 이곳에 별서를 지어놓고 오성은 어떤 생각을 했을까? 잠시 복잡한 세상을 밀쳐버린 고즈넉한 공간마다 궁궐의 후원 같은 고요가 섬돌처럼 앉아 있고, 이곳에서의 비밀 같

백사실계곡의 백석동천은 어느 한 곳도 도심에 물들지 않은 평온한 공간이다.

은 하루는 한 그루 복사나무가 되어 무량무량 꽃을 피운다.

　하루쯤 세상을 잊고 싶을 때 무작정 찾아가고 싶은 곳, 백사실계곡은 마음 한가득 시름을 품고 살던 나를 온전히 받아주고 다시 살아갈 힘을 전해주는 휴休의 세계다.

어둠 한 점 묻지 않는 하얀 화강암

큰 바위 위로 계곡물 건너면

세상의 시끄러운 소리 뚝 끊어지고

마음엔 이미 작은 절이 고즈넉이 들어선다

여기서는 누구도 근심을 모른다

앵두꽃 찔레꽃 복사꽃들이 열매를 만드는 시간

서늘한 찬물의 고요에 몸 담근

도룡뇽과 개구리와 맹꽁이들 쫓길 일 없어

사람을 보고도 도망가지 않는다

무너진 꿈조차

진종일 눈부신 신록으로 적막의 휘장을 둘러치고

부활을 생각하는 연못가의 나무들

제 몸 베어서라도 초석 위에

정갈한 정자 한 채 다시 앉히고 싶다

하루쯤 아무도 모르게 숨어들고픈 봄날

백석동천白石洞天의 물소리 그리운 여름날

사색마저 곱게 단풍으로 물드는 가을날

적멸마저 지우는 하얀 겨울날

여기 서 있을 것이다

일찍이 내가 찾지 못한 마음의 그 별서別墅

_〈백사실계곡〉

주변 경치가 빼어나 18세기부터 양반들이 별장을 짓고 쉬어갔다 한다.

세상사 굽어보던
백불을 만나다

형제봉입구

탕춘대성암문 입구

● 보도각백불

　백사실계곡에서 쉬었다가 홍제역 방향으로 내려간다면 세검정로의 옥천교 부근에 세워진 보도각백불을 찾아보는 것도 좋겠다. '옥천암 마애좌상'이라고도 불리는 보도각백불은 고려시대에 세워진 후 1973년에 유형문화재 17호로 지정된 오랜 문화유산이다.

　5미터 정도 높이의 거대한 바위에 새겨진 마애불로, 흰 가루인 호분胡粉을 짙게 칠한 후 금분金粉을 써서 금관을 표현한 것이 무척 신비롭다. 머리에는 꽃무늬가 그려진 삼면관이 씌워져 있고, 둥근 얼굴에 눈이 가늘고 입이 작아 고려시대 불상의 전형적인 특징을 두루 갖추고 있다. 또한 기존 불상의 머리카락은 '나발'이라는 이름의 소라 모양으로 꼬여 있지만 보도각백불의 머리카락은 어깨를 따라 팔꿈치 부분까지 길게 늘어뜨려져 있어 기존의 불상과 사뭇 다른 느낌을 준다.

이곳은 조선을 세운 태조 이성계가 도읍을 정할 때 기원을 드리러 온 곳으로도 유명하고, 조선 말기 고종의 어머니이자 흥선대원군의 부인이었던 부대부인 민씨도 이 석불 앞에서 복을 빌었다고 한다. 또한 임진왜란 때에는 권율장군이 흰옷을 입은 부처의 도움으로 왜병을 물리쳤다는 전설까지 더해져 많은 이들이 찾는 명소가 되었다.

보도각백불을 가만히 들여다보노라면 세상사를 굽어보는 듯, 귀는 길게 열려 있고 눈은 형상의 반대편에 있는 그림자까지 투영하는 듯하다.

이 마애불은 한결 같은 모양의 금불과 석불만 만나오던 우리에게 생각을 전복시키는 통쾌한 반전이다. 그윽한 두 눈을 바라보면 그간 닫혀 있던 생각도 열리고, 세상사의 어지러움에 꽉 닫아놓았던 귀도 열린다고 하니 이곳에서 시름을 덜고 가벼운 걸음으로 돌아가는 것도 좋겠다.

산도 귀 기울여 오래 듣는

문수사 범종소리 들으며 왔다

더는 산 밖으로 나가지 않는

버들치 사는 골짜기도 지나왔다

이제 막 홍지문의 오간대수문 빠져나와

저 세상으로 나가려는데

무언가 붙드는 시선이 있다

고개 드니 처음 보는 흰 부처님!

한 번도 만난 적 없는 깊은 눈매

그냥 쳐다보기만 하신다

물도 그냥 바라보기만 한다

그래도 물은 말씀이 들린다

바닥까지 투명한 눈빛이 닿는다

홍제천 암반 위를 천천히 선회하며

무엇을 새기는 것일까?

하류에 닿기 위해

물이 듣고 있는 저 부처님 말씀

_〈보도각백불〉

그윽한 두 눈을 바라보면 세상사의 어지러움에 꽉 닫아놓았던 귀가 열린다.

역사의 향기가
느껴지는
옛성길

조선시대 도성과 북한산성을 연결하여 쌓은 탕춘대성은

향로봉 아래에서부터 홍지문弘智門으로 이어져 있어

성곽을 따라 걷는 내내 운치를 느낄 수 있다.

봄꽃이 피기 시작하는 무렵 이곳을 거닐다 보면

연산군이 이곳에 '탕춘대'라는 정자를 세운 까닭을 짐작케 된다.

걸음의 반경을 넓혀 가까운 곳에 있는 세검정洗劍亭과

조선시대에 종이를 만들던 조지서 터,

홍지문과 옥천암 등을 돌아보면

그 어디서도 찾아볼 수 없는 옛 도성의 향기를 만날 것이다.

아름다운 것은 비단 그뿐만이 아니다.

밤이 되면 북악스카이웨이의 야경이

뫼비우스의 띠인 듯 신비롭게 드리우고

서쪽으로 가던 붉게 물든 해는 바다에 들기 전,

마지막으로 한강을 물들이며 북한산을 바라본다.

해가 저물 무렵, 걸음을 멈추고 붉게 물든 석양을 바라보라.

그리 바라보는 것만으로도

혼탁한 세상을 포용하게 될 터이니.

 옛성길

탕춘대성암문 입구 ~ 북한산생태공원 상단 2.7km, 1시간 40분, 난이도 중

동천洞天의 세계에 들다

탕춘대성암문 입구
인왕제색도 풍경
북한산생태공원 상단

옛성길의 시작인 탕춘대성암문 입구에서 한 시간 정도를 걷다 보면 북한산의 족두리봉, 향로봉, 비봉, 사모바위, 승가봉, 나한봉, 문수봉, 보현봉을 순서대로 볼 수 있는데, 그곳 경치를 만끽하다 보면 겸재 정선의 인왕제색도가 떠오른다.

긴 장맛비가 그치고 큰비 지나가는 동안, 울음 다 쏟아내고 이제는 더 씻길 것도 없이 맑게 갠 산세의 아름다운 풍경. 빗물을 흠씬 머금은 바위 봉우리들은 본래가 지닌 백색화강암의 흰빛이 아니라 먹이 채 마르지 않은 듯한 검은 묵빛으로 빛나고 있다. 소요하던 흰 구름이 생각할 것이 많은 양, 연신 사유의 안개를 피워올리며 골짝을 떠다니는 가운데 수만 겹 쌓인 적묵의 고요는 둔중한 바윗덩어리 되어 황소가 거침없이 하늘을 치받고 있는 형상이다.

세상의 근심을 내려놓고 무아의 경지에 이른 겸재 선생이 아

직도 그림 속 기와집에서 평생의 지기이자 문장가인 사천 이병
연과 시와 그림을 주고받으며 술잔을 치고 있을 것만 같다.

두두두 대지를 울리던 큰비 그치고 맑게 갠 저 산
한 마리 검은 황소가 하늘을 치받고 있는 양 먹빛 바위 우뚝 솟았다
연보랏빛 흰 구름은 골짝마다 피어오르고
열락의 계곡물은 폭포수가 되어 옥구슬 탕탕 튕기며 흘러간다

백색 화강암 그 강골의 뼛속까지 씻기어져 현묵玄默해진 저 산
누구도 저 맑은 고요 품어본 적 없는 진경산수가 펼쳐졌다
바라보는 것마다 유리알처럼 빛나는 동천洞天
마음은 이미 명사십리로 투명해졌다

보라, 아무도 들어가지 못한 저 동학洞壑의 집 한 채
겸재와 사천이 들어간 이후로 나올 길 다 지워버렸다
선계의 영원 속으로 칩거해 들어간 적묵의 시간들이
큰비 쏟아내고 다시 영롱한 무지개를 만들고 있다

오색찬란한 저 하늘다리 천지간을 잇고 있다

_〈인왕제색도〉

소나무의 군무가
아름다운 길

탕춘대성암문 입구

탕춘대성 능선길

북한산생태공원 상단

구름 한 점 없이 맑은 날, 옛성길에서 바라보는 해발 535미터의
향로봉은 가히 장관이다. 봉우리 모양이 마치 향로처럼 생겼다
하여 이런 이름이 붙은 것인데, 구파발 방면에서 보면 사람의
옆얼굴을 닮아 인두봉이라고도 부르고, 세 개의 봉우리가 솟아
있다 하여 삼지봉이라고도 한다.

탕춘대성암문에서 능선을 따라 조성된 탕춘대성은 향로봉을
향해 곧장 달려간다. 그 길에는 소나무 군단이 열을 지어 길손
을 맞이하는데 그 모습이 꼭 군무를 추는 것만 같다.

이 길은 향로봉으로 가는 가장 빠른 코스이지만, 향로봉 부근
에 이르면 아슬아슬한 바윗길도 많고 무척 가파르기도 해서 안
전한 등반 장비를 갖추지 않은 상태라면 다음을 기약해야 한다.

탕춘대성을 따라 달려가는 능선길에서 소나무의 군무를 만날 수 있다.

탕춘대능선 암문에서 향로봉까지
그 모양과 굽음이 각기 다른 수백 그루 소나무가 있다
한과 신명 사이로 난 오솔길 따라
뒷동네 마실 가듯 산책을 나서면
이때껏 본 적 없는 소나무들의 춤사위에 홀리고 만다

부챗살처럼 흩어지는 음영의 빛 속에서
오금과 도듬새로 발을 내디디며
한삼을 허공에 휘젓고 있는
한 무리의 무희들이 춤판을 벌이고 있다
오그리고 펼치며 나고 드는가 하면
일제히 솔바람을 일으키다가도 멈춰 있는 듯,
멈춘 듯하면서도 다시
재빠르게 돌아가는 현란한 동작들
무언가 풀고 어르고 당기고 있다

넋을 빼고 바라보고 있노라면
맺힌 것도 없고, 틀린 것도 없다
뭉쳐 있던 것들이 안개처럼 풀리며 안개처럼 걷힌다
누군가 걸어오는 소리에 그들은

슬며시 안개의 뒤편으로 사라지고 만다

나는 오래도록 한 음계 툭 올라온
성곽의 섬돌에 앉아 일어설 줄 모른다
잔영처럼 남은 숲의 무수한 선들 사이로
돌아가고 있는 저 여인들
황진이와 부용의 모습을 눈길로 쫓는다
육자배기 가락 긴 여운 끝날 때까지

_〈송무〉

처소로
돌아가는 시간

해가 긴 여름, 더위를 피해 느지막한 산행을 생각한다면 옛성길에 올라보는 것도 좋겠다. 산 중턱에 있는 우수조망명소에서 세상을 내려다보면 늘 보아왔던 도심과는 다른 진풍경을 만나게 된다.

그곳에서는 하나둘 분주히 집으로 돌아가는 이들을 마주하게 된다. 낮에 길을 떠났다가도 밤이 되면 어김없이 자기의 처소로 돌아가는 무수한 생명들. 그렇게 돌아가서는 몸도 내려놓고 마음도 다 내려놓는다. 홀가분하게 제 어깨 위의 시름을 내려놓은 후에야 비로소 본연의 나로 돌아가 조금 더 자기다워진다. 그러고는 다시 하루의 생을 짊어질 힘을 얻는다. 집은 누구에게나 가장 평안한 안식을 얻을 수 있는, 오랜 세월 인간이 애써 지켜온 지구에서 가장 따뜻한 처소다. 질기게 따라온 근심과 걱정들도 함께 뉘이는, 모든 지친 걸음들을 이끄는 힘이다.

전망대에서 도심의 야경을 보는 것은 옛성길 구간의 큰 즐거움이다.

　　그런 마음으로 찬찬히 사그라지는 석양을 바라보면 만상이 고요해진다. 들끓던 온갖 욕망과 사념들도 가라앉고 출렁이던 마음의 파랑도 잔잔해진다.

　　모든 것이 제가 왔던 곳으로 돌아가는 시간, 자기 자신과 대면하여 내일을 모색하게 하는 특별한 시간. 어둠에 들어앉은 시간 속에서 우리는 아무도 모르게 조금씩 깊어진다.

자신을
만나는 시간

탕춘대성암문 입구

북한산생태공원 상단

쉼터

조선시대 숙종 재위기간에 만들어진, 성곽이 띠를 두르듯 이어진 옛성길 구간은 둘레길 21구간 중에서도 가장 조망이 좋은 구간으로 손꼽힌다. 그래서인지 길목마다 쉼터와 전망대가 있으며 길을 걷는 내내 북한산 남쪽 능선을 따라 시원하게 솟아오른 봉우리들을 감상할 수 있다.

우리는 참으로 많은 시간을 타인과 나누며 살아간다. 그러다 보면 온갖 시끄러운 소리에 흔들려 정작 자신의 진정성과 정체성을 잃어버리기 쉽다. 타인의 말들에 휩쓸려 자신을 잃었다 생각된다면, 다시 한번 심지의 기름을 빨아올려 불꽃을 피워보라. 명상과 사유야말로 내 중심을 잡는 삶의 심지가 되어준다.

이 구간은 여럿보다는 홀로 걸으며 사색을 즐기기에 좋은 구간이다. 가끔씩은 이런 길에 올라 불 꺼진 촛불이 어둠을 독대하듯 나 자신을 독대해보는 것도 좋겠다.

서쪽으로 기우는 붉은 석양을 보며 내 마음속의 이야기에 귀를 기울여보라.

그저, 아무도 없는 한 평의 공간이면 족하다. 그러면 허상의 그림자가 걷히고 자신의 형상과 본질이 수면 위로 떠올라 '참 나'를 발견할 수 있을 것이다. 세상의 모든 길은 결국 내가 나를 만나러 가는 것이므로.

아름다운
서정이 흐르는
구름정원길

"네가 오른 길에 아무것도 남기지 마라."

알프스의 영웅으로 일컬어지던 게리 헤밍의 말이다.

그의 말을 품에 새긴 듯, 구름은 아무 데나 머물지 않으며

아무리 오래 머물러도 그 흔적을 남기지 않는다.

이처럼 목가적인 풍경을 만나게 되는 구름정원길에서

'불광사'라는 절이 보이거든 꼭 한번 들러보라.

산길을 걷는 우리가 불자가 아닐지라도

절에 드는 사람처럼 자신을 낮출 때

우리는 잠시 구름이 되어

솔빛 푸른 산자락에 머물다 갈 수 있다.

또한 선림사의 경내에 서 있는

열 그루 안팎의 붉은 소나무들을 바라보고 있노라면

세상 모든 생명이 귀하다는 것을 알아 절로 숙연해진다.

그런 후에 다시 옛 기자촌 쪽으로 걸음을 옮기노라면

빼어난 북한산의 풍광에 또 한번 매료되고 만다.

오래도록 머물다 가고 싶은, 걸을수록 발걸음이 가벼워지는,

마음 여기저기 맑은 창이 들어서는,

그리하여 그 창으로 새로운 세상이 보이는

그런 시간이 우리를 기다리고 있다.

 제8구간 **구름정원길**
북한산생태공원 상단~진관생태다리 앞 5.2km, 2시간 30분, 난이도 중

진관생태다리 앞

기자촌

선림사

화장실

독바위역
(6호선)

불광사

북한산생태공원 상단

금칠을 하지 않아도
빛나는 것들

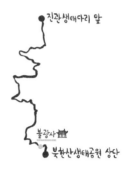

진관생태다리 앞

불광사

북한산생태공원 상단

북한산생태공원 가까운 곳에 불광사라는 절이 있다. 규모가 크지 않고 소박해 사색을 즐기기에 좋고 들꽃과 흙내음을 마음껏 즐길 수 있는 곳이다. 그들을 가만히 들여다보면 이 세상에 난산 아닌 생명이 없고, 가치 없는 만물이 없음을 깨닫게 된다.

불광사 한구석에 묵묵히 서 있었을 쓰레기통이 반가운 소식을 전하는 우체통 되어 나무에 매달려 있다. 처음 보면 재미있다 느끼다가도 어느샌가 모든 것이 일회용품처럼 버려지고 마는 풍조가 떠올라 마음이 먹먹해진다. 불광사의 저 우체통, 발길을 돌리면서도 자꾸만 바라보게 되는 것은 세상에는 금칠을 하지 않아도 빛나는 것들이 있음을 깨치게 하기 때문일까.

나는 쓰레기통이었다
버려지는 것들만 내게로 왔다

그것들 내내 받아내다

허무만 남은 남루, 결국은 나도

버려진 것이 되고 말았다

한 줌의 재로 쉬이 돌아갈 수 있는

그런 운명도 아닌 모양이었다

족두리봉 아래 범종 소리처럼 맑은

스님의 눈에는 내가 보살이라도 되었던 것일까

지금 이렇게 절 입구의 우체통이 되었다

세상의 기별들이 제일 먼저 날아든다

어느 날은 새소리였다가 꽃이었다가

눈물이기도 하고 때로는 연꽃이 피기도 한다

이제는 눈감고 있어도 안다

우체부가 오는 소리, 스님의 발소리

둘레길 도는 등산화 소리……

발소리에는 그가 짊어진 만큼의 무게가 있다

낙엽도 빗방울도 그 무게가 있다

떨어지는 것들은 아프다

버려지는 것들은 더 아프다

_〈불광사 우체통〉

나무에 매달린 우체통 하나가
생의 진리를 일깨운다.
세상에는 금칠을 하지 않아도
빛나는 것들이 있음을.

바람에게 쓰는 편지

진관생태다리 앞

하늘전망대

북한산생태공원 상단

불광사를 나서서 나무로 만들어진 데크를 따라 걷다 보면 하늘전망대와 60미터 길이의 스카이워크를 만날 수 있다. 하늘전망대에서는 은평구 일대가 훤히 내려다보이고 날씨가 좋은 날에는 저 멀리 한강까지도 조망할 수 있다.

하늘전망대 부근은 2010년 여름에 상륙한 곤파스의 영향으로 여기저기 태풍이 할퀸 자국이 선명하다. 출구를 찾던 바람이 심통을 부린 까닭일까. 출구를 찾지 못해 뒤틀린 바람의 욕망, 때로 그것은 아무도 막지 못하는 거대한 태풍이 되어 잔혹한 상처를 남긴다.

그러나 그런 바람이 어디 자연에만 있는 것이랴. 우리네 삶의 둥지에도, 혹은 우리의 마음속에도 예기치 않은 바람이 소용돌이를 일으켜 애써 쌓은 것들을 허물 때가 종종 있는 것을.

족두리봉 아래

고즈넉이 펼쳐진 산자락

소나무와 바위와 하늘이 만나 이룬

그림 같은 풍경

가만히 바라보는 것만으로도

발걸음 가벼운 내 생의 휴일이 맑고 따뜻하다

근심 비운 한 점 구름이 되어

소나무숲 위로 난 하늘다리에 올라

구름정원 속으로 들어간다

폐부 깊숙이 들어오는 솔향기 맡으며

구름이 된 사람들

바위와 벗한 소나무들과 함께

환하게 웃고 있는 사진 속 배경이 된다

언제라도 기억의 암실에서

솜사탕 같은 부푼 얼굴로 인화될 것 같은

이 자유로운 상상마저도

흔적 없이

흰 구름 되어 흘러간다

_〈하늘전망대〉

예기치 않은 바람이
마음에 생채기를 남기는 날,
하늘전망대에 올라
바람에 훌훌 털어내보라.
그러면 한결 가벼워질 테니까.

구름정원길을 따라 두 시간 남짓 걸으면 기자촌 전망대가 나오고, 그곳에서 진관생태다리 쪽으로 방향을 잡아 걷다 보면 연고 없는 비석과 무덤을 많이 만나게 된다.

그중 가장 눈에 띄는 것은 길가에 쓸쓸히 누운 채 흙먼지를 잔뜩 덮어쓰고 있는 차가운 비석 하나. 흙먼지를 털어 내니 '통정대부행내시부상약신공지묘通政大夫行內侍府尙藥申公之墓'라고 새겨진 글씨가 뚜렷하다. '종3품 벼슬인 상약尙藥을 지낸 신공의 묘'라는 의미로, 상약이라는 관직은 조선시대 내시부 소속으로 궁중에서 쓰이는 약재를 다루는 일을 했음을 뜻한다.

도굴꾼들의 눈과 손을 피해가기 어려웠던 것일까. 아무도 돌보지 않는 내시묘가 차디찬 바닥에 쓸쓸히 누워 있다.

임금께 약을 올리던 상약(尚藥) 내시
비석이 되어
길가에 흙먼지 덮어쓴 채 누워 있다

상석만 남고
형태를 알아보기 어려운 무덤 옆에는
도굴을 지켜본 죄로
동자석이 그날로 댕강 목이 달아난 채
홀로 지키고 있다

무리지어 있어도 남에게 의지하지 않고,
홀로 서서도 두려워하지 않는다
말을 깊이 새기며 오로지 임금을 위해
한 목숨 다했을 신공(申公)

누가 수습해줄 것인가?
수백 년 북한산을 지키고도 뉴타운에 입주하지 못한
차가운 비신으로 누운
저 고독한 원주민

_〈내시 신공을 기리며〉

길가에 홀로 누운
종3품 상약 내시의 묘비.
평생 임금의 명을 받들던 그가
차디찬 비석과 함께 쓸쓸히
잠들어 있다.

만물은 모두
제자리가 있다

진관생태다리 앞

소나무

북한산생태공원 상단

제자리가 아닌 곳에 자리 잡은 것들은 언젠가 한 번은 쓰러지고 만다. 사람이 다니는 길가에 뿌리를 내리고 오랫동안 버텨온 아름드리 아까시나무들이 태풍의 영향으로 뿌리째 뽑혀 여기저기 쓰러진 것을 보며 사람이 세워놓은 수많은 나무들의 제자리에 대하여 생각하게 된다.

그런 반면, 숲속에서 무리를 이루어 땅속 깊이 뿌리내린 나무들은 큰바람에도 대부분 온전한 모습이다. 아찔한 바위 절벽 틈새에 파고들어 뿌리를 내린 분재 소나무는 비대한 욕심을 버리고 바람에 덜 흔들리기 위해 안간힘을 쓰고 있다.

모든 존재는 제가 있을 자리가 따로 있으며, 나무와 하등 다를 것이 없는 우리도 언제나 바람의 시험에 들곤 한다. 인고의 세월을 보낸 나무들, 그들이 침묵으로 전하는 지혜의 말에 감동하는 것은 그런 까닭이 아닐까.

비바람을 피해 키를 낮춘 소나무가 애처롭다.

화의군묘역을
걷다

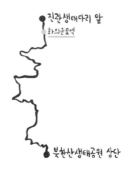

진관생태다리 앞
화의군묘역

북한산생태공원 상단

세종의 아홉째 아들로 1433년(세종 15년)에 화의군에 봉해진 왕자
이영. 그는 세조가 즉위한 뒤 단종 복위사건에 연루되어 전라도
금산으로 유배되었다가 36세에 사약을 받고 생을 마감하였다.
학문에 조예가 깊어 세종의 한글창제에도 참여하였고, 훈민정음
처의 감독관을 지낸 화의군은 1810년(순조 10년)에야 그 공훈을
인정받아 나라의 사당에 안치되는 불천위不遷位를 받았다.

　뛰어난 인재였음에도 권력 싸움에 휘말려 죽음을 맞았던 화의
군. 이런 사연을 알고 나면 대의에 희생된 이들이 얼마나 많은가
를 생각하게 된다. 권력이 아니라 바른 역사와 지조, 절개, 의리,
충의를 중시하며 군자로서 옳은 길을 닦아온 이들이 역사가 되
어 이 묘역 곳곳에서 뜨거운 불꽃으로 일고 있다. 기꺼이 밑알이
되어 초원을 푸르게 일으킨 사람들, 그들이 있어 역사는 더욱 푸
르고 우리 희망의 언덕은 헐벗지 않는 셈이다.

역사의 한 장을 새긴
비석의 뒷면
구름 속에 그믐달 들었다

핏기를 잃고
시시각각 사위어가는 달
검은 장막에 휩싸이고 있다

이제 밤도 얼마 남지 않았다
그러나 달은 마지막까지
담담하게 어둠을 태우고 있다

남은 어둠은 또
새로 돋는 달이 태울 것이며
모든 것을 역사가 증언하리라는 것을
믿으며

한 점 남김없이
육신을 태우고 있다

_〈화의군묘역에서〉

달과 함께 걷는
마실길

저녁상을 물린 후 이웃으로 마실을 가는 것은

옛 시골마을에 살던 즐거움 중의 하나였다.

그 시절에는 지금처럼 흔한 손전등도 없어 길을 더듬어 가곤 했지만

눈이 하얗게 쌓인 세상을 은은하게 비추던 달빛이 눈에 선하다.

그날의 그 밤처럼, 마실을 가듯

산언덕 넘어다니며 만날 수 있는

그런 친구 하나 있으면 참 좋겠다는 생각이 든다.

산을 좋아하고 자연을 삶의 터전으로 여기며

멋과 깊이가 있는 안목 있는 친구가 있어

언제고 찾아갈 수 있다면

그 즐거움은 무엇과도 바꿀 수 없을 것이다.

친구란 오래 숙성할수록 깊어지는 술처럼

향기롭고 은은한 즐거움을 준다.

마실길은 그런 친구와 이웃을 만나러 가는 길이다.

다른 구간에 비해서는 짧은 편이지만

진관사와 삼천사로 드나드는 길은

여유로운 마음으로 언제 어느 때나 거닐 수 있는 길이다.

마음의 처소 같은 귀한 벗을

달과 함께 만나러 가는

즐거운 기다림이 있는 길이다.

마실길

진관생태다리 앞~방패교육대 앞 1.5km
45분, 난이도 하

밤마실을
가다

방패교육대 앞

달밤 풍경
진관생태다리 앞

다른 길에 비해 경사가 완만하고, 한 시간이면 충분한 짤막한 코스이기에 남녀노소 누구나 가벼운 산책을 원한다면 추천하고 싶은 길이다. 저녁 무렵, 달을 바라보며 마실길에 오르니 어린 날 달을 따라 밤마실 가던 생각이 났다. 그래도 인심이 좋았던 그 시절에는 아이들이 삼삼오오 모여 놀러를 다녀도 누구 하나 위험하다며 손사래 치는 이 없었다. 모락모락 밥 짓는 연기 피어오르면 그제야 집으로 돌아가던 동무들과의 즐거운 한때.

그 어린 날의 동무 중, 누가 이 달 뜬 저녁을 함께 걷고 있을까. 이 달빛 감아다 누구 옷을 지어 입힐까. 고요히 고요히 나와 함께 걷는 달, 내가 서면 저도 서고, 빠르게 걸으면 더 빠르게 앞서 가는 달. 생각해보면 이 세상의 길을 저 달과 함께 가장 오래 걸었다. 고향을 떠나온 저 달도 딱히 갈 곳 없는 밤인 양, 한껏 시간의 해찰을 부리며 마냥 천천히 걷는 나를 따라오고 있다.

밤마실을 가다 만난 달이 종종걸음으로 나를 따라온다.

저녁을 먹고 나면
굴뚝새도 일찍 잠이 든 듯 고요하였다
들리는 것이라고는
간간이 내가 넘기는 책장 소리뿐
겨울밤은 마냥 길기만 했다

밤이 깊을수록
고요는 마당 가득 쌓인 흰 눈처럼
마루까지 차오르고
그 고요를 딛고 오는
달빛 나무 그림자
석유 등잔불에 지직 지직
머리카락 태워먹는 소리에 놀라
창호지에 딱 붙어버리곤 했다

이른 아침 눈뜨면
마실 가던 달이
간밤에 난을 치듯 창호지에 그리던
뜰 앞의 배나무 한 그루
배꽃인 양 하얗게

눈꽃이 피어 있었다

지금 나처럼 그 고향 떠나온 저 달
뉴타운 친구네 집으로
마실 가는 나를
조용조용 따라오고 있다
_〈달〉

고국에 돌아온
그리움

방패교육대 앞

숙용심씨묘표

진관생태다리 앞

진관사 부근에는 영산군묘역이 있다. 그곳에는 성종의 열세 번째 아들인 영산군을 비롯한 왕가 사람들의 무덤 11기가 있고, 묘역 주변으로는 문인석과 같은 다양한 석물이 세워져 있다. 그곳을 둘러보다가 묘를 잃고 홀로 서 있는 쓸쓸한 비석 하나를 만난다. 사연인즉슨 성종의 후궁이었던 숙용심씨의 묘표가 일본의 문화재 강탈로 '타카하시 고레키요 공원'에 안치되었다가 후손들의 노력으로 2001년에 반환해왔다는 것이다.

친정과도 같이 늘 그리운 고국산천, 나라를 떠나본 적이 있는 사람이라면 이 묘표에 얽힌 사연이 얼마만큼 뼈에 닿는 말인지를 공감할 것이다. 이제 아침마다 북한산 능선 너머로 떠오르는 해를 볼 수 있고, 지나가는 사람들의 다정한 말소리를 들을 수 있으니, 분명 그리운 고국으로 돌아온 것이다.

제 고향을 잃어본 적이 있는 노루귀가 타향살이의 설움을 안

갈 곳을 잃은 노루귀, 숙용심씨 묘표를 보며 타향살이의 설움을 떠올리고 있을까.

다는 듯 양지바른 나무 밑동에 자리를 잡고 앉아 묘표를 바라보고 있다. 예쁘다며 꽃대를 비틀어 꺾는 등산객의 손길에, 각박한 개발의 여파에 뿌리내릴 곳을 잃은 노루귀는 수십 년 전 군락을 이루던 이 땅의 풍경을 똑똑히 기억하고 있다. 그래서 노루귀는 덩그러니 서 있는 숙용심씨의 묘표가 슬프고 슬프다. 이묘표에 얽힌 깊은 뜻이 대대손손 오래도록 전해지기를.

얼마나 돌아오고 싶던 고국산천인가

눈을 감으면 환히 들어오는 삼각산

그리움은 구름 되어 봉우리를 감싸고

눈물은 오래도록 슬픔의 계곡을 흘렀다

아! 이제 아침마다

저 의상능선 너머 떠오르는 해를 보고

붉은 적송의 향기를 맡으며

지나가는 사람들의 말소리 듣는

진관동 126번지 여기는 분명

'다카하시 고레키요'의 기념공원이 아닌 것이다

나는 다시 조선에 돌아온 원종공신의 딸이다

뿔 돋친 용이 구름을 뚫고 승천하는

꿈을 꾸며 산마다 번지는

저 단풍 바라보고 있으니

나는 분명 친정에 돌아온 것이다

사백 년 넘게 쌓인 슬픔

산천의 나무들마다 붉게 써서 조상한 축문

지금 다 태워 불사르고 있다

_〈숙용심씨 묘표에서〉

마실길에서 성종의 후궁이었던 숙용심씨 묘표를 만났다.

느티나무는 걸음의
고단함을 알고 있다

진관사 입구에서 방패교육장까지 걷는 길에는 은행나무와 느티
나무가 1.5킬로미터에 걸쳐 그림처럼 서 있다. 그중에서도 가장
눈에 띄는 것은 수령이 150년 된 느티나무.

오래될수록 나무는 품이 넓어진다는 말이 꼭 맞는 걸까. 손주
들을 한데 품어 안은 듯 사방으로 가지를 뻗은 느티나무는 보는
것만으로도 평화롭고 넉넉하다. 그래서 지나가는 이들의 발길
을 붙잡아 잠시 쉬게 한다.

전국 어디를 가나 유서 깊은 마을 입구에서는 커다란 느티나
무 한 그루를 만날 수 있다. 집을 떠날 때도 다시 집으로 돌아올
때도 그 정자나무를 보면서 드나들었고, 나무는 사람들을 묵묵
히 지키며 시대와 역사와 아픔을 함께해왔다. 그 세월을 다 관
망한 듯, 진관사 입구에 서 있는 느티나무는 길을 걷고 있는 이
들의 고단함을 다독이기 위해 언제나 그 품을 열어놓고 있다.

마을 어귀에 서서

배웅하거나 마중하고 있는

내 어머니, 내 아버지 혹은

할머니와 할아버지를 닮은 이 나무가

그 따뜻하고 너른 품 같아서

오는 사람도 가는 사람도

잠시 짐 보따리 내려놓고 쉬어간다

아픈 사람도 슬픈 사람도

이 나무 아래서 힘을 얻고 간다

나무는 그럴 때마다 싱싱한 이파리

더 만들어 품자락을 넓힌다

지나가는 이 없는 텅 빈 시간

처음으로 자신을 이 세상에 심어주던

그 사람의 은혜를 기억하는 나무는

그것이 아주 오래전의 일이어도

엊그제 일처럼 그립기만 하다

행여 그가 오고 있지 않을까

행인들을 찬찬히 보고 있다

_〈느티나무〉

진관사 입구에서 만난
느티나무 한 그루,
세상을 관망한 듯 넉넉한 얼굴로
길손의 고단한 발길을 다독이며
두 팔을 벌리고 서 있다.

기억과 그리움의
토렴

방패교육대 앞

묵밥 가게

진과생태다리 앞

계곡물 시원하게 흐르는 출렁다리 건너 이어지는 길. 마실길에는 정감 어린 음식을 파는 곳이 참 많다. 두부김치, 도토리묵, 해물파전, 녹두전, 묵사발…… 그중 한 곳의 현수막에 새겨진 이름 하나가 내 발길을 붙잡는다. 농사일이 바쁜 가을날 어머니께서 새참으로 만들어주시던 '묵밥'이다.

어린 시절, 가을이 오면 고사리손으로 자루 한 가득 도토리를 따고 상수리를 주우러 다니기에 바빴다. 자그마한 체구에 도토리 자루와 씨름을 하며 걸음을 옮기는 일이 버겁기도 했으련만, 먹을 것이 흔치 않았던 그때는 맛있는 묵밥 생각에 즐겁기만 했다.

어린 시절의 묵 내음이 그리워서인지, 혹은 시원한 묵밥 생각에 배가 출출해져서인지 사람들 옹기종기 모여 후룩후룩 맛있게 묵밥을 먹고 있다. 낯모르는 이들과 겸상을 하여 묵밥 한 그릇 기다리는 동안 자꾸만 부엌 쪽으로 눈길이 간다.

　삼천사 입구에서만 만날 수 있는 특별한 맛일까. 그도 아니라면, 풀 내음 그득한 자연에 둘러싸여 뜨는 밥 한술이 그리움을 불러 특별한 맛을 내는 걸까.

　어머니가 만들어주시던 그 정겨운 음식이 저 부엌에서 만들어지고 있는 것만 같아 자꾸만 바라보게 된다. 저 부엌으로 성큼 들어서면 어머니가 돌아볼 것만 같아 자꾸만 쳐다보게 된다.

　무심한 듯하면서도 애잔함이 담겨 있는 엄마 밥 그리운 날엔 마실길에 올라 묵밥 한 그릇씩 비워보라. 송송 썬 신 김치와 보드라운 묵 맛에 절로 마음이 해갈될 것이니.

채 써는 소리
뜨거운 국물에 토렴하는
소리 멎으면,
양념에 버무려진
송송 썬 신 김치와 쑥갓과 김
계란 지단 가늘게 썬
고명 함께 얹어져 나오는
묵밥

후룩후룩
순식간에 퍼마시고
국물에 밥 한 공기 말아
뚝딱 해치우던
묵밥

기다리는 동안, 어머니
지금 그 묵밥 만들고 계실 것만 같아
자꾸만 쳐다보게 되는
저 부엌 안쪽

　_〈묵밥을 기다리며〉

묵밥 한 그릇씩 비워보라. 보드라운 묵 맛에 절로 마음이 해갈될 것이니.

막걸리를 마신다는 것은

소나무가 먹고 기운 차리듯이

제 생의 밑동을 뿌리까지 적셔

다시 힘을 내자는 것이겠지

고추든 오이든 고추장에 푹 찍어

별일 없다는 듯 걱정까지

한입에 덥석 베먹자는 뜻이겠지

자칫 잘못 따면 부글부글 넘치는

얼룩이 잘 지워지지 않는 감정도

내압을 살짝 비틀어 빼고,

콸콸 따라 깔끔하게 비우자는 말이겠지

가끔씩 뒷머리 땅기는 일 있더라도

그까짓 것 뭐 대수냐 껄껄 웃으며

탈탈 털어버리자는 의미이겠지

목구멍으로 뭔가 잘 넘어가지 않는 것도

잔으로 잠시 얼굴을 가리고는

꿀꺽꿀꺽 그냥 삼켜버리자는 것이겠지

가끔씩 불콰해진 달이 되어

허공을 휘적휘적 걸을지라도

빈병처럼 가볍게 바닥에 쓰러져

나뒹굴지는 말자는 다짐이기도 하겠지
그래 나는 너를 위하여 너는 나를 위하여
서로 마음 따라주며 우리 생의 길을
위하여!를 외치며 함께 가자는
그런 약속이기도 하겠지
지금 우리가 막걸리를 마시는 것은

_〈막걸리〉

산행 후에 좋은 사람과 나누는 막걸리 한 잔은 참으로 정겹다.

산의 그림자로
걸어보는
내시묘역길

왕권을 둘러싼 이들의 숱한 권모술수 속에서

자신을 낮추며 일생을 왕의 그림자로 산 내관들이

바로 이곳에 잠들어 있다.

내시묘역길의 백화사 앞에서 바라보는 의상능선은

바라보는 이의 정신세계를 한층 고양시키며,

경천군 송금물침비가 있는 소나무숲을 따라 흙길을 걷는 시간은

어느 때보다도 평화롭고 여유롭다.

세상에 말하는 자는 너무 많고, 듣는 자는 너무 적다.

사람을 얻는 것이 어려운 까닭은

예나 지금이나 귀를 어지럽히는 감언이설에 휘둘려

침묵에 귀를 기울이지 않기 때문이다.

내시묘역길을 걸으면서는 철저히 듣는 자가 되어야 한다.

왕을 모시던 그들이 오직 듣기만 했던 것처럼.

그러면 미처 깨닫지 못했던 삶의 지혜를 얻을 것이며

마침내는 이 길의 끝에서 침묵하는 산을 읽고 듣는

청산선인聽山仙人이 될지도 모를 일이다.

내시묘역길

방패교육대 앞~효자동 공설묘지 3.5km, 1시간 45분, 난이도 하

효자동 공설묘지

🅿️산성 주차장

🚻탐방지원센터
🚻화장실 (수세식)

🔘산성분소

여기소터

🚻간이화장실
(자연 발효식)

백화사

방패교육대 앞

묘약이자
치명적인 독

내시묘역길에서 가장 먼저 만나게 되는 것은 '여기소 터'라는 이름의 비석이다. 이곳에는 슬픈 전설이 전해 내려온다. 조선 숙종 재위 시절 북한산성 성곽 축조공사에 많은 장정이 동원되었는데, 공사 담당 종사관이던 임을 만나러 온 기생이 그를 기다리다 결국 만나지 못하고 되돌아가는 길에 못에 빠져 죽었다는 이야기다.

너汝의 그 사랑其이 잠긴 못沼이라 하여 '여기소'라 이름 지었다는 곳. 내시묘역길을 걷노라면 사랑은 묘약이자 치명적인 독임을 깨닫게 된다. 가장 오래되고 진부한 말이면서도 한 사람의 일생을 좌우하고, 때로는 그 사람이 믿었던 우주를 송두리째 바꾸어놓기도 하는 사랑의 힘. 그 앞에서 인간은 누구나 울고 웃으며 고통받고 괴로워한다.

사랑 앞에서 우리는 너무 성급하다. 마음을 다 줄 수 있을 때

여기소의 물이 마르지 않았다면 이 물빛처럼 푸르렀을까.

사랑은 시작되고, 더는 잃을 것이 없을 때 완전한 사랑이 지속
된다. 그러나 사랑이 시작되면 작고 좁아지기 시작하며 별것도
아닌 것에 갈등을 일으켜 미움이 싹트고 종국에는 그 미움에 갇
히고 만다.

　사랑엔 방식이 없지만 그것을 유지하기 위해서는 무한한 아량
과 이해가 필요하다. 지금 우리가 사랑하는 이를 위해 더 깊어지
는 까닭은 내가 그를 진실로 사랑하기 때문일 것이다.

불상에 절을 하는
소나무 이야기

여기소 터를 지나 만나게 된 고요한 백화사에서 경이로운 풍경 하나가 발길을 붙잡는다. 삼불상 앞에서 허리 숙여 절을 하듯 굽어 있는 소나무 한 그루. 문득 궁금증이 인다. '전생에 어떤 업을 지었기에 저리도 오랜 세월 절을 하고 있는 것일까?' 하고.

제아무리 바꾸려 해도 되지 않는 일이 있으며, 자연에 의해 이루어진 일들은 인위적인 모든 것들을 뛰어넘는다.

또한 자연에는 우리가 미처 다 알지 못하는, 인간의 지혜와 상상 너머의 초자연적 현상들도 있다. 소나무 한 그루가 틈입해 들어간 저 부처의 세계가 그러하지 않은가. 몰아의 절대 경지에서 깨달은 해탈의 세계를 살고 있는 듯.

  이내 화상을 입고 마는 불볕
  쨍쨍하게 내리쬐는 백화사 절 마당

만면에 미소 가득한 세 분 부처님 새겨진

하얀 바위 옆에

요가를 하듯

백팔십 도 제 무릎 비틀고 몸 일으켜

팔 높이 세워 솔 우산 펼쳐든 채

꼼짝 없이 서 있는

소나무 한 그루

천지가 미동도 없다

_〈소나무와 부처〉

삼불을 향해 절을 하는 소나무.

누가 함부로
나무를 베는가

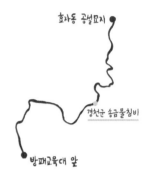

백화사에서 의상봉 갈림길을 지나 잠시 걷다 보면 세월을 고스란히 받아든 비석 하나가 우두커니 서 있다. 비석에 새겨진 내용은 "경천군에게 하사한 경계 내의 소나무를 베는 것을 금하노니 아무도 들어가지 마라"는 것이다. 왕명을 담은 이 비석 하나에 마음이 숙연해지며 주변 소나무들을 둘러보게 된다.

　이처럼 시간이 아주 오래 흐른 뒤에도 역사는 그 흔적을 남기는 법이요, 우리의 모든 걸음이 역사가 되는 법이다.

　　"경천군에게 하사한 토지 내의 소나무

　　베는 것을 금하니 들어가지 마라"

　　어명은 추상같아 글씨마저 또렷하다

　　비석 앞에서 망설이다

빈 지게로 돌아갔을 민초들,
소나무들은 그 헛헛한 발소리를 들었다
차디찬 방에서 떨고 있는 어느 식솔들이 보이고
집 한 간 지을 나무 구하지 못한
한숨들이 여기저기 들렸다, 때로는
큰 눈이 비석을 파묻길 바랐다

더 큰 일에 쓰이리라 스스로 위로했다
더러는 벌레들이 자신을 갉기도 하고
새들이 둥지를 짓기도 하였다
어느 때나 곧음과 푸름으로 사시사철
충절과 은혜를 지키고자 하였다

비석은 사백 년 넘게 한자리를 지키며
그런 소나무들의 마음을 알았다
이제, 검버섯이 피면서 조금씩 늙어가고 있다
가장 먼 것을 보는 눈과 가장 깊은 것을 듣는
귀를 아무도 모르게 숨긴 채

_〈경천군 송금물침비〉

慶川君
賜牌定界内
松禁勿侵碑

경천군 이해룡에게 하사된
경천군 송금물침비.
땔감이 없어 탄식하던 민초들의
깊은 한숨을 들었을까.
한겨울 눈밭에 저를 꼭꼭 숨기고 있다.

아름다워서
왔다

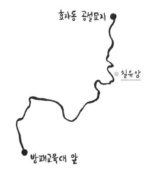

칠유암 계곡은 북한산을 자주찾는 둘레꾼들 중에서도 아는 사람만 아는 숨겨진 명소다. 이곳은 내시묘역길에서 조금 벗어나 탐방지원센터에서 북한산성계곡을 따라 오르는 덕암사 부근에 은밀히 자리잡고 있기 때문이다.

서암사지에서 계곡길을 따라 오르면 바위 사이에 칠유암이라고 적힌 바위가 숨어 있다.

1793년 조선 후기의 문인인 이옥이 〈중흥유기重興遊記〉에서 "아름답기 때문에 왔다. 아름답지 않다면 오지 않았을 것이다"라며 삼각산(북한산)의 아름다움을 노래했는데, 여기에 '우리가 세상에 온 이유'가 담겨 있다고 해도 과언이 아니다.

천 번을 넘게 오른 북한산은 한 번을 보아도 아름답고 열 번, 백 번, 천 번 그 이상을 보아도 아름답다. 아름다운 것들은 아름다운 것으로만 그치지 않는다. 아름다운 우리 아버지와 어머니가 나를 불렀듯, 불러서 이 아름다운 세상과 산을 노래하며 살아가라 하였듯, 아름다운 것들은 그 역시 아름다운 것들을 부른다. 꽃들을 부르고, 벌과 나비를 부르고, 산과 강과 들을 부르고, 비를 부르고, 광년 너머의 찬란한 별들을 부르고, 아름다운 사람을 부른다. 그것이 세상 만물이 이 땅에 온 이유다.

모든 생명들은 자기다움을 유지할 때 가장 아름답다. 꽃은 꽃다움을, 나는 나다움을, 만물은 비로소 그다움을 지킬 때 가장 빛나는 법이다. 아름다움을 잃는다는 것, 그것은 자기다움을 잃는 것이며, 생명력을 상실하는 것과도 같다. 세상의 이치와 천지자연의 도가 그와 다르지 않을 것이다.

일곱 신선이 놀다 간 칠유암 비취빛 청청무심계곡에 백운대 흰 구름 내려와 먹을 감고 나면 보랏빛 청하靑霞의 노을이 내려와 바람을 타고 노닐다 감쪽같이 사라지고 만다. 누군가는 얼핏 보았을지도 모른다. 운의雲衣의 자락을 펄럭이며 서쪽 하늘로 가는 선인仙人의 모습을.

천지인이 하나인 저 동천洞天의 삼각산

일곱 신선들 흰 구름 타고 와서는

종일 시회를 열다 돌아갔다

몸 씻으며 놀던 계곡물은

그 옛적 백월산 아래 해산한 여인의 목욕물처럼

종종 금빛으로 물들었다지

어느 불목하니*인가는 덕암사 꽃비 쏟아지던 날

그 물에 목욕하고 무량수불이 된 노힐부득**과 같이

금선이 되어 저 바위에서 푸른 노을을 타고 갔다는

이야기가 회자되곤 했다

그 소식을 듣고

신선을 꿈꾸는 선비들이 모여들었다

그 이후의 일은 묘연할 뿐 아는 이가 없다

선옹도 선비도 없는 오늘 그 정취를 벗하여

홀로 마음을 씻고 있다

찌르르, 찌르르

뼈를 찌르는 문장이 전신을 타고 오른다

산도 하늘도 가끔 몸 담그는 까닭 짐작이 간다

하여 이 우매한 중생처럼 아직도

허튼 꿈을 꾸는 산족山族들이 있다

지금도 이따금씩 큰비 내린 후에는

제색霽色의 이 백운동천 위로 하늘이 열리며

무지개다리가 놓이는 날이 있다

그런 날의 밤이면 어김없이

비취색 청청수에 흰 달이 뜨곤 한다

행방이 묘연했던 그 가인들의 얼굴이

_〈칠유암〉

• 절에서 밥을 짓거나 물을 긷는 일을 하는 사람.
•• 신라 후기의 승려로, 관음의 화신化身을 만나 미륵불이 되었다 전한다.

감히 오르지 못하는
내 안의 봉우리

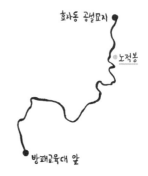

방패교육대 앞에서 출발해 한 시간 정도를 걸어가다 보면 북한
산성탐방센터를 만나게 된다. 그곳에서는 원효봉과 백운대, 만
경대, 노적봉이 올려다보이는데, 그중 가장 봉긋하고 웅장한 봉
우리가 바로 노적봉이다.

바라보는 것만으로도 아찔함을 느끼는 노적봉은 사계절 어느
때나 멋진 자태를 자랑하지만, 뭐니뭐니해도 험준한 바위 중턱
에 안개가 걸린 모습이 가장 멋진 풍광일 것이다.

위대한 잠언일수록 고요가 깊고, 드러나지 않는 화두일수록
가슴 벅찬 법이라 했던가. 내 안에 들어왔으면서도 감히 다가가
지 못하는 까닭에, 노적봉을 보고 있으면 마음이 쿵쾅거린다.
함부로 가질 수도, 쥘 수도 없는 그것은 끝없이 열정을 샘솟게
하고, 사유하고 또 사유하게 함으로써 이성과 지혜의 날을 벼리
게 한다.

파란 하늘 아래 위용을 자랑하듯 우뚝 선 여름의 노적봉 풍경.

　자일과 로프 등 안전장비가 없으면 출입을 금하는 노적봉은
장엄하고 수려한 산세만큼이나 아무나 쉬이 들이지 않는다. 깎
아지른 듯한 절벽 때문에 실족사가 많은 곳이라고 하니 섣불리
다가가지 못하고 애타게 마음속에만 담아두는 아름다운 선경이
되었다.

저 거대한 바위 봉우리

처음 본 순간 가슴에 턱, 하고 들어와

다시는 나가지 않는다

내 안에 있으나 내가 올라가지 못하는 곳

오르기 위하여 처음으로 바위를 배웠다

탯줄 같은 자일 몸에 묶고

한 땀 한 땀 다시 걸음을 배웠다

정점에서 모이는 수십 개의 바윗길

오르고 내리며 높이와 깊이를 반복해서 재봤다

쉽게 재지지 않는 그것은 나의 공포와 어둠이었다

저 거대한 암봉의 고요

나는 천 년의 사유 밖으로 밀쳐져 있었다

쌓이는 눈발은 정수리를 덮다가도 봄눈처럼 녹았다

모처럼 벼린 나의 송곳 또한

고드름처럼 녹아서 맥없이 스러졌다

갈수록 바위는 길을 늘여 헝클어진 자일처럼

길로 길을 덮었다

더는 아무도 오지 않는 시간
가끔 저 바위와 독대하는 시간 있다
한 방울 물방울의 맑은 고요로 앉을 때만
나는 흔적 없이 스며들었다

_〈노적봉〉

근본을
돌아보며 걷는
효자길

천륜으로 맺어진 부모와 자식의 인연,

부모의 마음을 헤아리는 나이가 될 때까지

우리는 부모 마음에 오랜 생채기처럼 아프다.

누구나 나이를 먹고,

우리의 부모 또한 그렇게 늙어가는 것이지만

부모님이 계시다는 것만으로도

이 세상 가장 큰 힘이요,

의지할 수 있는 언덕을 가진 셈이다.

바쁜 일상을 살다 보면 그것을 잊을 때가 많다.

효자길을 걷는 동안에는

부모님의 은혜와 사람의 도리에 대해 한 번쯤 생각해보라.

우리의 걸음이 우리의 삶을 부양하듯

우리가 사는 동안 끝까지 붙들어야 하는 마음이 무엇인지를

깊이 생각하며 걸어보라.

사기막골 입구

국사당

밤골공원지킴터
간이화장실

효자비

효자동 공설묘지

제11구간 효자길

효자동 공설묘지~사기막골 입구 3.3km
1시간 30분, 난이도 하

누군가에게
언덕이 된다는 것

효자길은 그 이름답게 구간의 첫머리에 박태성 정려비가 세워져 있다. '인왕산 호랑이와 박효자' 전설로도 잘 알려진 박태성은 아버지가 세상을 떠나자 이곳에 묘를 쓰고, 비가 오나 눈이 오나 무덤을 돌보았는데 그 효심에 감복한 호랑이가 그를 태워 아버지의 무덤까지 데려다주기를 사십 년이나 반복했다는 전설이다. 그런 까닭에 봉분 옆에는 호랑이의 민무덤이 있다.

 세상 모든 부모는 자식들에게 버팀목이거나 마음의 언덕과도 같은 존재다. 그래서 아이들은 그 언덕에 의지하여 세상을 바라보며 세상으로 나가는 길을 찾고, 때로 근심 없이 누워서 하늘의 별을 보고 꿈을 꾼다. 그러나 시간이 지나면서 그 언덕은 세월과 비바람에 풍화되어 점점 낮아진다. 이제는 내가 누군가에게 든든한 언덕이 되어줄 때인 것이다. 내 아비와 어미가 내게 든든한 언덕이 되어주었듯.

왼쪽부터 시계 방향으로 문인석, 박태성 정려비, 호랑이 민묘와
그 뒤로 박태성 묘가 보인다. 아직까지도 '조선 효자'라 불리는 박태성 전설은
정려비를 보는 이에게 가슴 찡한 감동을 전한다.

'천붕天崩'이라 하였습니다
아버지! 하늘이 무너지고 어떻게 살 수 있습니까
제가 어찌 하늘을 보겠습니까
저는 큰 죄인입니다

인왕산 호랑이는 그 슬픈 곡성이
오래도록 잊히지 않았다
점방店房 문을 닫아두고, 최질衰絰*을 입고는
하루도 빠짐없이 참배하러 가는 그를 보았다

느지막한 어느 날 호랑이는 길을 막았다
'아버지를 뵈러 가는 길이다, 뵙지 않고는
나는 사는 것이 아니다'
호랑이는 자신도 모르게
배를 땅에 대고 기어가 등을 내밀었다
그러고는 묘소까지 한걸음에 내달렸다

호랑이는 그 후로 하루도 거르지 않고
무악재에서 제청말까지 그를 태우고 다녔다
죽음은 하나의 순번이었다

그의 상여가 나가는 날 호랑이는 뒤를 따랐고
곁에 나란히 묻혔다

지금, 달빛 속에 빛나는
효자비에 맺힌 가을날의 찬 이슬
하늘도 가끔 우는 날이 있다

_〈박태성 정려비〉

• 삼베로 만들어진 상복의 이름으로, 머리에 쓰는 '수질'과
  허리에 두르는 '요질'을 아울러 이른다.

숨은벽으로 가는 길은 밤골에서부터 시작된다. 밤나무가 많다
하여 이름 지어진 '밤골'은 번지르르한 도시의 문명을 멀찌감치
밀어낸 수려한 경관을 보존하고 있는 곳이다. 청량감을 주는 물
소리를 따라 길에 오르면 일급수에만 서식한다는 버들치가 폭
포 아래 물속의 산을 제 집삼아 살고 있고, 아름드리 소나무들
은 물아일체의 경지에 오른 듯 자태가 곧고 의연하다.

밤골계곡에 앉아 능선을 올려다보면 인수봉과 백운대 사이로
숨은벽이 보일 듯 말듯 애를 태운다.

백옥 같은 미인이 그 고운 빛을 숨길 수 없듯, 숨은벽 역시 그
선인 같은 풍모와 가인 같은 절색에 그만 제 안의 산수를 들키
고 만다. 가파른 암릉임에도 많은 사람들이 이곳을 찾는 까닭은
북한산의 백미로 손꼽힐 만큼 아찔한 아름다움 때문일까.

바깥세상과 담쌓고 사는

저 품 넓고 오래된 밤나무들

바라보는 것만으로도

마음에 깃드는 평온

숨은벽 계곡에서 흘러오는 물소리 들으며

종일 앉아 있어도

한 주일을 견딜 충분한 휴식이

얻어지는 곳

산 아래서 올라오는 시끄러운 소리들

완곡히 밀어내는 폭포를 지나면

자기도 모르게 발 들여놓고 마는

진경산수의 세계

더는 꿈꿀 것이 없어서

소나무가 되는 홀가분한 마음

명경지수에 빠져든 산

오래 바라보다

무아경이 되는 숨은벽 세상

_〈밤골〉

밤골계곡에 앉아
능선을 올려다보면
인수봉과 백운대 사이로
숨은벽이 보일 듯 말듯
애를 태운다.

칠성별 뜨던
어머니의 정화수

사기막골 입구

효자동 공설묘지

효자길의 마지막 구간인 사기막골 삼거리를 걷다 보면 아들을 위해 치성을 드리던 어머니 생각이 난다. 하얀 사기잔에 담긴 물 한 그릇마저도 청정했던 그 옛날, 시골집에서는 때가 되면 칠성별 뜬 하늘 아래 장독대에 김이 모락모락 나는 시루떡을 올려놓고 촛불을 켜고 치성을 드리는 어머니의 모습을 볼 수 있었다. 절하는 어머니 앞에는 예의 그 하얀 사기그릇이 있었고, 방금 길어온 샘물은 초롱초롱한 별하늘을 미동도 없이 묵묵히 받아내고 있었다.

2010년 2월 현석 이호신 화백의 '천불만다라' 전에서 그 물그릇을 참으로 오랜만에 다시 볼 수 있었다. 보물 제199호로 지정된 경주 남산 봉화골 신선암 마애보살상 앞에 놓여 있었다. 밤마다 물 한 그릇 올리던 어머니의 치성이 인연이 되어 만난 것이라는 생각이 들었다. 가마 속에서 일체의 잡다한 생각을 남김

없이 태운 불꽃, 그 인고의 시간 속에서 불사의 생명을 얻었을
나비가 팔랑팔랑 날아올 것만 같다.

> 이 골짜기 어디쯤에선가
> 가마에서 솟는 연기가 보일 듯하다
> 머리띠를 두른 흰옷의 사기장이
> 발로 물레를 돌리며
> 혼신을 다하여 빚은 그릇들
> 청화백자와 막사발의
> 초화문草花紋에 앉았던 나비도
> 천 도가 넘는 불꽃 속에서
> 팔랑팔랑
> 영원을 얻었을 이 골짜기
> 어디선가 사기그릇 부딪치는 소리가
> 들릴 듯하여
> 적막마저 하늘에 귀 기울이고 있다
>
> _〈사기막골〉

절하는 어머니 앞에는
예의 그 하얀 사기그릇이 있었고,
방금 길어온 샘물은
 초롱초롱한 별하늘을
미동도 없이 묵묵히
받아내고 있었다.

생의 뜨거움이
잠들어 있는
충의길

충의길 부근 군부대에서

군인들의 힘찬 함성이 들려온다.

그 목소리에 깃든 젊음의 패기와 희망.

청춘은 그것이 설령 절망의 벼랑일지라도

온몸 부딪쳐 불꽃을 일으키는 열정을 갖고 있으며

마침내 벼랑을 박차고 날아오르는 솔개가 되어

세상을 높이 날며 멀리 본다.

경험을 통해 새롭게 배우고,

실패하더라도 충분히 만회하여

다시 일어설 기회가 얼마든지 있다.

지금은 등산복을 입은 가장이 되어

건강을 챙기는 나이가 되었지만

내게도 내면의 소리를 어르고 달래던

숨 가쁜 청년 시절이 있었다.

제12구간 **충의길**
사기막골 입구~교현 우이령길 입구 3.7km, 1시간 45분, 난이도 중

교현 우이령길 입구

사기막골 입구   ○ 사기막 공원지킴터

이별 앞에서
조금씩 가까워진다

교현 우이령길 입구

사기막골 입구 · 704번 정류소

길을 걷다 문득 산세를 올려다보니 인수봉, 만경대 등의 봉우리들이 내 걸음을 놓칠세라 바짝 다가선다. 예로부터 군사적 요충지였다는 이곳에서 군인들의 함성을 들으니 수십 년 전, 훈련장을 향해 달리던 버스 안 풍경이 눈에 선하다.

침묵만이 감돌던 버스 안에는 솜털이 채 가시지 않은 앳된 군인이, 사랑하는 이와 작별을 나누던 여인의 슬픈 얼굴이, 마지막까지 아들을 보듬어주려는 어머니의 애잔한 마음이 한데 모이고 모여 자꾸만 침전하였다.

그러나 이별이 꼭 슬픈 것일까? 우리는 이별 앞에서 더욱 깊어지는 법이다. 그토록 가슴 아픈 이별이 있기에 우리는 더욱 깊이 사랑하는 법을, 한걸음 더 다가가 서로를 위해주는 법을 알게 된다. 어쩌면 우리는 이별 앞에서 멀어지는 것이 아니라, 이별을 통해서 조금씩 더 가까워지는 것인지도 모른다.

일요일 오후 늦은 시간
서울로 가는 버스 안은 침묵이 깊다
한껏 멋을 낸 아가씨는 시무룩하고
곱게 차려입은 중년의 여인도
차창에 몸을 기댄 채
뭔가를 자꾸 떠올리고 있다

아마도, 철원 땅 멀리
군대 간 나를 처음 면회하고
떨어지지 않는 발길 달래며
눈물 감추고 돌아가던 애인과
어머니의 모습이 저러하였으리라

군대를 갔다 와야 철든다는 남자들
남자를 완성하는 것은
그토록 마음 아파하던 여자의 눈물이다
남자여 그 눈물 지키는 사내가 되자
그것이 사랑이고,
가장 따뜻한 세상이 거기 있으므로

_〈704번 버스〉

훈련장을 향해 달리던
버스 안 풍경이 눈에 선하다.
그러나 이별이 꼭 슬픈 것일까.
우리는 이별 앞에서
더 깊어지는 것인지도 모른다.

날선 보습이
땅을 깊게 간다

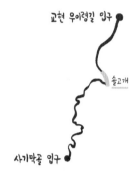

교현 우이령길 입구

솔고개

사기막골 입구

 단숨에 산을 오를 것 같은 패기와 세상에 못할 것이 없어 보이는 포부. 곧 세상을 바꿀 것만 같은 호기와 열정은 젊은 시절 누구에게나 있다.

 사람에 치이고, 마음에 치이면서 내 어깨 위에 쌓여간 크고 작은 인생의 무게. 이제는 작은 일에도 쉽게 지치곤 하는 내 모습을 보며 무엇이든 다 해낼 수 있을 것 같았던 젊은 날의 열정이 어디로 달아나버렸나 돌아보게 된다.

 그러나 그런 열정과 패기는 한때 지나치는 바람 같은 것이 아니다. 평생을 두고 적절한 때에 발휘해야 하는 것이다. 밭을 가는 것은 소의 힘이지만 그 땅을 깊게 가는 것은 날선 보습이듯이. 녹록지 않은 세월을 견뎌낸 후에는 첫 삽을 뜨던 날의 패기 대신 노련미를 갖게 되듯이.

우렁우렁 골짜기를 울리는

사내들의 함성이 계곡물로 흐르는 길

물소리가 군가처럼 힘차다

군복 입고 산과 들을 누비며

거칠 것 없는 청춘 불태웠던 시절 있었다

철모 속에 넣고 몰래 보던

주말이면 면회 오는 애인을

초조히 기다렸었다

칼날 선 군복에 광을 낸 군화를 신고

위병소를 빠져나가는 순간

아무것도 부러울 게 없었다

이제, 그 군복과 군화 대신

등산복 입고 몸 챙기는 가장이 되었다

이따금씩 노고산을 흔드는 함성

기억 속에서 다시금 금학산 고대산

전방의 산들이 깨어난다

오와 열을 맞춰 남행하는 철새들

노랗게 물든 철원평야 가로지르며

남행하고 있다

　_〈솔고개 가는 길〉

솔고개에서 사기막골

사기막골에서 밤골 거쳐 북한산성 입구까지

인수봉과 숨은벽 능선, 백운대와 원효릿지

원효봉과 의상봉 함께 어우러져

펼쳐지는 진경산수

저건 도무지 사람의 세계가 아니다

한 번 빠지면 결코 헤어나기 어려운

생사를 초월하는 탈속한 선경

바라보는 것만으로도 황홀하고 벅차다

저길 다녀오고 저길 또 갈 수 있다니

가난하여도 나는 부유하고 행복하여라

이미 내 연인이 된 목숨 같은 사랑

신발 닳고 닳도록 평생 보고 살 것이니

_〈북한산 연가〉

북한산의 웅장한 산세를 연모한 듯 달빛이 유난히 반짝인다.

세상과
소통하는 꽃

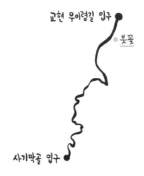

교현 우이령길 입구

붓꽃

사기막골 입구

충의길 끄트머리에서 만난 붓꽃 하나가 나를 물끄러미 바라보고 있다. 그 청아한 보랏빛에 나는 그만 넋을 놓는다. 금세라도 푸른 먹을 풀어놓을 것 같은 고운 자태였기에.

이리 고운 빛깔은 어디에서 생겨나는 것일까. 그 빛깔을 내기까지 얼마나 많은 바람과 햇살과 비바람을 온몸으로 받아냈을까.

무릇 모든 것은 기른 덕택이다. 콩나물시루에서 보자기 아래 고개를 묻고 물을 줄 때마다 말갛게 웃음짓는 콩나물도 그렇고, 길가에 묻힌 꽃씨도 저를 기르는 하늘의 마음을 읽으며 기꺼이 꽃을 피운다.

애정 어린 손길이 닿는 것마다 퇴색이 짙던 존재의 빛은 반질반질한 툇마루처럼 광택을 얻고 되살아난다. 무수한 풀꽃 하나에도 세상의 이치가 있고 만물과의 소통이 있다. 그것이 세상의 진리를 전하는 저 붓꽃에 우리가 마음을 빼앗기는 까닭이다.

'행운이 온다'는 제비붓꽃의 꽃말에 마음이 따뜻해진다.

시골의 정취를
만날 수 있는
송추마을길

서울을 벗어나 송추마을길로 들어서면

시골의 정취가 물씬 피어오르는 송추마을을 만나게 된다.

소나무와 가래나무가 많아 '송추松楸'라는 이름이 붙은 시골마을.

소나무는 길 끊어진 절벽에서도 바위 하나만 붙들고

천년의 비바람과 적설의 무게를 견딘다.

고절한 정신을 새기며 변함없이 그 빛이 푸르다.

그런 소나무는 우리 민족의 역사와 하나 되어

수천 년을 함께 살아왔다.

또한 가래나무는 예로부터 민초들의 척박한 삶을

어루만져주던 활목活木이었고,

우리의 생활 깊숙이 스며들어 삶을 같이해왔다.

송추역에서 송추계곡으로 오르다 보면

입구에 훤칠한 가래나무들이 늘어서 있다.

옛이야기가 계곡의 물소리와 소나무숲의 솔바람 사이로

나지막하게 들려오는 이 길에서

일상의 문명세계를 벗어나 진정한 나를 들여다보는

녹슨 청동의 거울을 닦는 시간을 만나자.

 제13구간 **송추마을길**

교현 우이령길 입구~원각사 입구 5.0km, 2시간 30분, 난이도 하

원각사 입구

🚻 화장실

🅿 주차장

오봉 탐방지원센터 🛖

교현 우이령길 입구

그 길에서 만난
특별한 이야기

교현 우이령길 입구에서 오봉탐방센터 방향으로 한 시간가량을 걷다 보면 멋진 능선이 발치를 좇는다. 사패산과 도봉산 오봉, 여성봉 능선이다. 그런 절경 덕분인지 이 마을에는 오봉과 여성봉에 관한 재미있는 이야기가 전해오는데, 이 이야기를 알고 걸으면 풍경을 보는 재미가 곱절이 된다.

옛날 아주 먼 옛날, 도봉산 아래에 힘이 장사인 다섯 아들이 살았는데, 새로 부임한 원님의 외동딸을 보고 모두가 홀딱 반했다고 한다. 난처해진 원님은 산꼭대기에 가장 무거운 바위를 올려놓는 사람에게 딸을 주겠다고 했고, 다섯 형제는 각자 커다란 바위를 하나씩 들고 산꼭대기에 올려놓았다. 그런데 힘이 좀 부친 넷째 아들만 바위를 제대로 올려놓지 못해서 지금도 오봉의 네 번째 봉우리에만 감투바위가 없다는 것이다. 원님은 바위를 올려놓은 네 명 가운데 사위를 골라야 했는데, 딸을 주기 싫었던 나머지 너무 오랫동안 망설이다 그만 딸의 혼기를 놓쳤고, 외동딸은 혼례도 올리지 못한 채 죽고 말았다. 이를 불쌍히 여긴 옥황상제가 외동딸을 여성봉으로 환생시켜 오봉이 마주 보이는 곳에 떨어뜨려주었다는 것이다.

사윗감을 택하지 않은 원님이 원망스러웠을까. 아니면 아직도 다섯 장사가 원님의 외동딸을 차지하기 위해 힘자랑을 하고 있는 것일까. 그런 마음으로 봉우리들을 바라보니 어쩐지 조금 애처롭기도 하다.

이런저런 생각을 하며 다시 걸음을 옮기는데, 송추계곡을 따라 피어난 구절초도 나를 따라 오봉을 향해 시선을 돌린다. 연보랏빛을 품은 구절초의 자태, 무언가를 알고 있는 듯 처연한 눈빛이다.

오봉만 바라보며

고개 돌리지 않는 까닭이 뭘까

산 아래 세상에서

찾지 못한 것이라도 있는 것일까

눈물 핑그르르 돌게 만드는

아픈 것이라도 있는 것일까

아니다 아니다 아니다

모른다 모른다 모른다

아무리 도리질을 쳐도

솟구치는 것이 있는 것일까

마음에 구절구절 풀지 못할

무엇이라도 있는 것일까

안개 속에서 나오지 못하는

저 오봉과 같이

_〈구절초〉

송추계곡에서 만난 구절초, 오봉을 바라보며 무슨 생각을 하고 있을까.

시간은 내게
관심이 없다

송추마을길은 5.3킬로미터로 긴 편이지만 가벼운 산책을 즐길 수 있는 무난한 코스이다. 길을 따라 이어진 계곡에서는 사계절 내내 맑은 물을 만날 수 있어 가족 단위로도 많이 찾는다.

소나무와 가래나무가 많아 '송추松楸'로 불리었다는 이 마을 입구에는 그 이름답게 훤칠한 가래나무들이 키를 자랑하듯 늘어서 있다. 외곽순환고속도로가 생기면서 교외의 풍경이 예전만은 못하지만 송추만큼은 오래도록 그 무엇에도 쫓기지 않는 정감 어린 송추로 남아 있길 바라는 마음이다. 물장구치고 고기 잡던 유년 시절의 향수를 간직한 송추, 그곳에서 잠시 사색에 잠겨보는 것도 좋겠다.

솔고개 올라서면 서울은 자취 없고
사패산과 오봉의 투명한 정경

수반水盤에 담긴 듯 한눈에 들어온다

느릿느릿 걸음 늦은 한가로운 햇살과

세상일 접어두고 마냥 해찰을 부린다

시간은 오불관언吾不關焉 상관하지 않겠다며

마음대로 걸음을 놓게 한다

바바리코트를 입은 코스모스 같은 아가씨

기차에서 내릴 것 같은 송추역

간이 역사에 잠시 나를 앉혀둔다

쫓김도 없으니 쫓음도 없다, 아마도

오늘 밤 저 절창의 오봉에 달이 오를 것이다

높은 가래나무 도열한 옛길을 지나

툭툭 알밤이 질문을 던지는

여성봉으로 향하는 논길로 접어든다

메뚜기 뛰는 노랗게 익은 볏논에

은전 같은 햇살이 쨍그랑 쨍그랑

볏낱으로 쏟아지고 있다

참으로 여기 서 있는 것만으로도

은혜로운 가을 오후, 시간의 굴레를 벗은

내 생이 더불어 맑고 따뜻하다

_〈송추〉

송추폭포의
기억

오봉탐방센터 부근에는 송추유원지로 향하는 갈림길이 나 있다. 그 길을 따라 도봉주능선 방향으로 산길을 오르면 수량이 무척 맑고 풍부한 송추폭포가 나온다. 상류에서부터 세차게 흘러온 물줄기는 쉴 새 없이 내달린 끝에 낙하하는데, 그 물줄기가 밀어내는 바람을 마주하고 있으면 무더운 여름날에도 뼛속까지 시원해진다.

내가 송추계곡을 처음 찾은 것은 십오 년 전 칠 월, 비가 그친 토요일 오후였다. 지금도 그 풍경이 무척 아름답지만 세상에 잘 알려지지 않았던 당시에는 태곳적 원시의 세계가 다른 계곡과의 비교를 불허하는 아름다움을 간직한 채 은밀히 숨어 있었다.

지금은 유원지로 개발되어 수영장과 방갈로, 낚시터, 놀이시설, 음식점이 들어서면서 그 옛날의 신비로움이 사라졌지만, 여전히 송추는 좋은 쉼터가 되어주기에 여름이면 가족과 함께 찾는 사람들이 줄을 잇는다.

상류 쪽으로 올라가면 너른 암반과 노송들이 어우러져 있어 꼭 별천지 같다. 사람을 보고도 도망갈 줄 모르는 가재들이 투명한 물속에서 흰 구름조각을 제 밥인 양 물고 다닌다.

송추폭포는 상단과 하단으로 이루어져 있다. 상단과 하단 사이의 흰 암반을 지난 계곡물이 낙하하면서 수만 옥구슬을 푸른 소에 쏟아붓는 소리가 종일 그치지 않는다. 세상을 집어삼킬 듯 폭포수가 떨어지는 소리는 저 면 하늘까지 날아가 박히고, 밤이면 어김없이 그 수만큼 푸른 별이 돋는다.

선인이 노닐 것만 같은 송추계곡을 처음 만나던 그날, 내 가슴에는 푸른 소 하나가 깊이 들어앉았다. 그리고 그것은 마음속에서 시가 되었다. 둘레길을 돌다 다시 만난 송추폭포는 오늘도 부지런히 잰걸음을 놀리며 찬란히 빛나는 옥구슬을 탕탕히 쏟아붓고 있다.

저 투명한 수채화

한 번 발 담그면

나무도 구름도 까맣게

왔던 곳을 잊어버리고

그만 그림이 되고 마는

무심계곡,

천하절경 오봉산도

이 골짜기에 엠티를 왔다가

그냥 주저앉고 말았다

아이 어른 할 것 없이

찰방찰방 온몸을 적셔도

흐린 물 일지 않고

빛들도 진종일 물놀이 하다

지쳐 돌아가는

마음의 골짝

_〈송추계곡〉

송추계곡을 처음 만난 그날, 내 가슴에 푸른 소 하나가 깊이 들어앉았다.

푸른 텃밭은
땀을 먹고 자란다

원각사 입구

고구마밭

교현 우이령길 입구

더운 여름날 땀을 흘리며 밭을 매는 풍경에 고향에 온 듯 정겨움이 느껴진다. 해를 등지고 연신 허리를 굽히는 그 모습에서 진종일 밭일을 하시던 내 부모님의 등이 떠오른다.

밭을 일구어 농작물을 경작한다는 것은 몸을 갈아서 딱딱하게 굳은 정신의 흙덩이를 깨트려 새로운 씨앗을 뿌리고, 일용할 양식을 얻는 일이다. 마음 닦는 일을 게을리하면 이내 사포로도 벗겨낼 수 없는 붉은 녹이 슨다. 보습이 밭을 잊으면 녹이 슬듯이, 혹은 내 부모님이 밭을 떠나서는 살 수 없었듯이.

보리알처럼 뚝뚝 떨어지는

땀방울이 나를 경작하지요

어느샌가 저만큼 뻗어가는

고구마 줄기 같은 기쁨의 덩굴

자기도 모르게 고구마처럼

실하게 밑이 드는 보람

누구라도 영혼의 허기 재우는

정신의 다디단 양식

폐가 같은 묵정밭 없고

잡초가 날 틈도 없지요

호미 하나면 충분하고

맨손이어도 부족함이 없지요

유일한 유산인 마음밭

저렇게 일구는 게지요

_〈밭일〉

더운 여름날 해를 등지고 밭일을 하는 송추마을 사람들.

생의 전망을
보러 가는
산너미길

해너미, 무너미, 수레너미, 배너미…….
이 아름다운 우리말에서 알 수 있듯이
너미란 월越, 유踰, 남濫과 같이
넘는다는 뜻을 가진 말이다.
이 길은 사패산 능선길을 따라
한 시간을 올라야 하는 구간이기에
끝까지 오르려면 구슬땀을 흘려야 한다.
이렇듯 산은 고개의 연속이다.
인생고개를 넘듯, 힘든 길도 아름다운 길도
두 발로 직접 걸어야만 목적지에 닿을 수 있다.
하지만 그 힘든 순간을 견디며 올라보지 않으면
근육과 심장은 바닥으로 떨어지는 역치를 넘어서지 못한다.
인생사 쓴맛과 단맛으로 마음이 단단해지듯
훈련을 통해 몸과 마음을 단련해야 한다.
고개는 신체를 강하게 만들고 정신을 높은 경지로 이끈다.
그 경지에서 확보한 전망만큼만 우리는 앞을 내다볼 수 있다.
이 산너미길을 넘어가다 보면 깨칠 것이다.
나의 생이 어떤 수레였는지를.

 제14구간 산너미길

원각사 입구~안골계곡 2.3km, 1시간 10분, 난이도 상

안골계곡

전망대

안골폭포

사패산

원각사 입구

원각사

화장실

원각폭포

울띠교에는
눈물이 있다

산너미길은 그 이름답게 해발 552미터의 사패산 능선길을 따라
오르는 난이도가 다소 높은 구간이다. 하지만 구간의 전체 거리
가 2.3킬로미터로 무척 짧은 데다, 높이 오르는 만큼 전망이 좋
아 보람을 느낄 수 있고, 봄이면 길 곳곳에 진달래가 만개해 있
어 꽃잎이 흐드러진 길을 호젓하게 걸을 수 있다.

이 길에는 계곡을 횡단하는 울띠교, 갓바위교, 사패교가 차례
로 놓여 있다. 그중 가장 처음 만나는 것이 울띠교인데, 그 다리
이름이 참 희한하다. '울대'라는 뜻의 옛말을 그대로 쓰는 '울띠
마을'에서 따온 이름일까.

물길을 건너 조금씩 능선을 따라 오르다 보니 생은 늘 길 위에
있다는 생각이 섬광처럼 머릿속을 스친다. 세상 모든 길은 곧게
뻗어 우리를 지름길로 인도하기보다는 물처럼 에돌고 휘돌고 굽
이돌며 삶의 모퉁이를 돌고 돌아 때로 넘기 힘든 고개로 치닫기

도 하는 법이니.

평지까지 순탄하게 흘러왔던 길이 고도를 높이며 가파른 언덕으로 치닫고 있다. 그곳에서 제법 숨이 가쁘게 산길을 오르니 전망대가 하나 나온다. 거북을 닮아 '거북바위터'라고 불린단다. 그 자리에서 내려다보는 풍광이 장관이다. 눈앞으로는 의정부 시가지를 한눈에 훑어볼 수 있고, 오른쪽으로는 수락산이, 정면으로는 천보산이 파노라마처럼 펼쳐진다.

해질녘 송추역이나 외곽순환고속도로에서 사패산을 올려다보면 황금빛으로 물들어가는 단아한 사패산 암반을 발견하게 된다. 황금빛 석양에 물든 듯한 바위는 황금연꽃이 만개한 듯 빛이 나는데, 그런 풍경 덕에 금부용金芙蓉이라 불리기도 했다. 북한산에서 만나던 비봉이나 인수봉과는 다른 단아한 매력, 바로 이런 것이 사패산의 묘미 아닐까.

서울에서 좀 멀리 떨어져 있는 탓에, 혹은 도봉산이나 북한산의 유명세에 가려진 탓에 다른 산에 비해 자연이 잘 보존되어 있다. 또한 숲이 울창하고 계곡물이 풍부한 까닭에 가족들이 찾는 휴양지로 유명하다고 하니 이번 주말, 간단히 도시락을 싸들고 아이들과 함께 산너미길을 올라보는 것도 좋을 듯하다.

명치가 울치鬱峙다
아플 때마다 속울음 머금는
그 고개 하나 있다
송추와 의정부를 잇는
39번 국도와 같이
먼 곳과 먼 곳을 연결하며
가까운 것들과 멀어지는
눈물과 눈물, 고통과 고통
연결하는 고개가 있다
한북정맥처럼 달려온 날들이
사패산, 챌봉 등의 높은 뫼를 이루고
나를 에워싼 협로에
턱 버티고 서 있는
때로는 가슴이 콱 막혀
울음조차 터지지 않는
내 안의 명치 쪽 넘기 힘든
울대고개 있다

_〈울띄교〉

울띄교를 건너다 보니 생은 늘 길 위에 있다는 생각이 섬광처럼 머릿속을 스친다.

산음의
물맞이

푹푹 찌는 무더운 여름날, 원각사계곡 같은 시원한 숲에 들어 더위를 피해보는 건 어떨까. 산너미길은 행정구역상 경기도 양주에 위치해 있어 이곳을 찾아가려면 서울에서 송추로 가는 704번 버스를 타거나, 의정부역 5번 출구에서 길을 건너 원각사 입구로 가는 23번 버스를 타야 한다.

원각사를 거쳐 사패산 능선을 따라 유유자적 흘러가는 원각사계곡. 그 중턱에 있는 원각폭포는 계곡 상류와 하류에 폭포가 각각 하나씩 위치해 있어 1폭포, 2폭포로 구분해 부른다. 두 개의 폭포는 각각 다른 모양으로 쏟아져 내리는데, 큰 바윗돌에 부딪혀 사방으로 튀는 폭포수를 바라보면 가슴속까지 시원해진다.

폭포의 규모나 모양새가 서로 달라 가던 발길을 자꾸만 세우게 되는데, 그 길에 앉아 폭포수를 즐기다 보면 신선이 노니는 세계에 발을 들인 듯 시간이 훌쩍 지나 있다.

이곳에서 바라보는 폭포수는 하늘의 목소리요, 계곡의 물소리와 바람소리는 산의 음성이다. 폭포는 하늘의 그 다양한 목소리를 모으고 모아 소리 없이 흩어지기 전에 산음山音을 전한다. 산이 내는 우렁차고 분명한 목소리는 내 안의 웅성거림을 일시에 잠재운다. 텅 빈 항아리처럼 마음을 말끔하게 비워서 정좌시킨다. 두드리고 두드려 마음의 저 안쪽까지 그 울림을 구석구석 전한다.

도심에서 받은 스트레스로 머릿속이 복잡하다면 이 물길에 근심을 흘려보내는 것도 좋겠다.

한동안 군사보호구역으로 지정되어 있었던 탓에 아직도 청정 지역으로서의 면모가 남아 있지만, 개방되었던 당시에 비하면 사람의 발길이 닿아 참 많이도 상했다. 가족들과 함께 이곳을 들른다면 되도록 머문 흔적을 남기지 말 것을 당부하고 싶다. 우리가 선조들로부터 귀한 자연을 물려받았듯, 후손들에게도 이 산음을 전할 수 있기를.

몸이 있으나 몸이 없는

물의 육신

쉼 없이 흘러

형상에 묻은 때를 씻고

몸을 떠난 몸

마음이 있으나 마음이 없는

물의 마음

끝없이 비우고 버려

마음에 물드는 색을 지우고

마음을 떠난 마음

사패산의 몸을 씻고

사패산의 마음을 비우고

상단 하단 층층이 떨어져

나를 깨우는

이 산음山音의 물맞이

_〈원각폭포〉

장엄한 폭포수가 마음을 텅 빈 항아리처럼 말끔하게 비워낸다.

도마뱀의
소통법

둘레길에서 만난 도마뱀 한 마리, 내 눈빛을 경계하는 듯 미동
도 없다. 어느 방향으로 달아날지를 고민하는 것일까?

 문득 이 산천을 벗 삼아 살아가는 도마뱀이 부럽기도 하다.
도마뱀은 최소한 자기의 감정 때문에 죽지는 않는다. 과감히 꼬
리를 끊어내는 대신 숲을 얻는다. 그러고 보면 이 작은 미물에
게서도 세상 사는 이치를 배울 수 있지 않은가. 그까짓 꼬리는
잊어버려라. 그것이 저 미물이 말하는 소통의 으뜸법칙이다.

 사패교 위에서 만난 저 미물

 둘레길 돌던 중일까

 나를 보더니 도망가기는커녕

 가던 길 멈추고 뚫어지게 쳐다본다

 몇 번쯤 자절自切이 있었을

나를 일별한 저 눈빛

위험한 고양이도 아니고

꼬리 자를 일도 없다는 눈치다

내가 잘랐던 꼬리가 무언지

이미 간파했다는 양

동행도 좋다는 몸짓이다

지금 우리는 죽은 듯 고요한

투명한 햇빛을 사이에 두고

서로의 상처를 읽고 있는 중이다

누군가 먼저 움직이기를 기다리고 있다

_〈도마뱀〉

도마뱀은 과감히 꼬리를 끊어내는 대신 숲을 얻는다.

입구부터 둘인

쌍안경처럼 보고 있는 저 굴

불안은 항상 경계를 한다

그물과 같은 미로를 만든다

드는 굴이 있으면 나는 굴도 있다

그것이 불안의 법칙이다

그물처럼 복잡한 굴

들어갈수록 불안해진다

폐소공포증을 일으킨다

그 역시 불안은 불안을 안다

그것이 불안들의 확신이다

아무리 봐도 오소리인지 너구리인지

모호한 저 굴

불안을 빤히 쳐다보고 있다

_〈굴〉

너구리와 오소리, 이 굴에 몸을 숨기고 무엇을 경계하는 것일까.

마음까지
심원해지는
안골길

생각에 붙들리지 마라.

정답에 대한 명쾌한 해석은 이 세상에 없다.

붙들고 늘어질수록 더 많은 질문이 생겨나고

복잡한 말의 불필요한 논리에

애초에 품은 마음과 본질이 변질되고 만다.

여기저기, 이말 저말을 끌어다 붙이면

그 누구라도 별수가 없다.

내가 살고 있는 세상,

이 순간에 나를 내려놓는 것으로 충분하다.

마음 깊은 곳까지 걸어 들어가는

한적한 시간 속에서

문득 참나를 발견하는 고요한 순간이,

투명하고 아직은 때 묻지 않은 자연이,

근심 없는 아이처럼 맑고 평화롭다.

적어도 여기서 나를 붙드는 것은 없다.

안골길에 서면 시간도 일상도 근심도 더는 나를 붙들지 않는다.

이 길을 걷다 보면 비로소 마음의 그늘이 사라지고

거울 밖으로 나온 친근한 얼굴 하나 있다.

제15구간 **안골길**
안골계곡~회룡탐방지원센터 4.7km, 2시간 20분, 난이도 중

의정부시청

직동공원

예술의전당

안골계곡
안골공원지킴터

안골폭포

호암사

범골
공원지킴터

화장실

회룡탐방지원센터

폭포와
소沼

안골계곡

안골폭포

회룡탐방지원센터

안골 입구에서 사패산 방향으로 걷다 보면 성불사 갈림길이 나
온다. 그곳에서 성불사 방향으로 잠시 오르다 보면 왼쪽에 작은
길이 나 있는데, 이 길을 따라 내려가면 안골계곡과 안골폭포를
만날 수 있다. 인적이 드문 까닭에 옛 오솔길에는 잡초가 우거
져 있으니, 초행길이라면 찬찬히 살피며 걷기를.

안골폭포는 웅장한 암벽을 타고 쏟아져 내리는 높이 십 미터
정도의 시원스러운 물줄기가 입을 떡 벌어지게 한다. 웅덩이가
깊지 않아 안전하고 한여름에도 얼음장같이 물이 차다.

안골폭포는 소沼를 만들고 소는 산산이 부서지는 울음을 빠짐
없이 담는다. 이 세상 가장 깊은 것이 무엇일까? 일만 킬로미터
가 넘는다는 어느 심해일까, 아니면 우물인가 상처인가.

시원하게 낙하하는 폭포수에 근심을 한바탕 쏟고 나면 가슴
이 뻥 뚫린 것만 같은 느낌을 안고 돌아올 수 있을 것이다. 만일

성불사 방향의 안골폭포까지 갈 시간이 없다면 둘레길 바로 옆
에 있는 또 하나의 안골폭포로 청량감을 대신할 수도 있다.

새들은 벼랑에서 날개를 얻는다

쭈뼛거리다 추락한 적 있으므로

더는 망설이지 않는다

주저하지 않는다

여기까지 오는 동안

망설이고 주저하는 사이 더 멀어진 도착점

이제는 내가 운명을 선택한다

허공에 자일을 던지듯 몸을 띄우는 폭포

절망과 두려움을 통렬하게 부순다

바닥을 박차고 나온다

저렇게 높이를 깊이로 환원하고

바닥을 나오는 폭포만이 살아서

용소龍沼를 만든다

한순간도 깊이를 잃지 않는 푸른 소沼만이

마음의 안골 깊이 떨어지는

저 가열한 폭포를 안다

_〈안골폭포〉

둘레길 바로 옆에 있는
또 하나의 안골폭포,
시원스러운 물줄기가
근심을 말끔히 씻어준다.

물만이
제 길을 안다

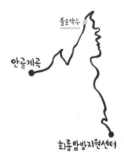

안골폭포에서 다시 안골 입구로 걸어 내려와 직동공원 방향으로 삼십 분 남짓 걸어가니 불로약수가 나를 맞이한다. 한 모금을 떠서 꿀꺽 삼킨다. 안골폭포만큼이나 청량하고 시원하여 마음에 쌓아둔 묵은 체증이 단번에 가시는 것만 같다.

불로약수라 하니, 이 물을 마시면 영영 늙지 않을 것 같아 '허허' 하고 웃음이 나온다. 그리 믿고 마신다면 정말 플라세보 효과라도 나타나지 않을까. 모든 것은 마음에서 비롯된다고 원효 대사도 이야기하지 않았던가.

모든 형태를 이루며, 모든 형태를 허물고, 어디든 자유롭게 흘러가는 물. 물은 가장 낮은 곳으로 흐르나 종국엔 가장 높은 곳에 이르고 가장 깊은 곳에 머물다 가장 작은 틈을 열어 가장 넓은 길을 만든다.

거친 돌도 수백, 수천 년의 물길에 품을 내주면 반들반들한

예쁜 돌로 거듭나듯 물에는 자연을 바꾸고, 사람을 바꾸고, 세상을 바꾸는 힘이 있다.
　일체의 목숨들을 부양하며 형체를 버린 형체 없는 형체, 물만이 바다로 가는 길을 알고 바다도 갈증이 있음을 물만이 안다.

　　고양이처럼 와서

　　소리 없이 핥다

　　살그머니 돌아가는

　　목마른 햇빛

　　_〈불로약수〉

불로약수의 물 한 모금에 마음까지 맑아진다.

꽃씨가 꽃씨를 낳듯
말씨가 말씨를 낳는다

서울에서 꽤 벗어난 곳이라 그런지 도심에서는 찾아보기 힘든 머위꽃이 수북이 피어 있다. 꽃씨 하나가 널리 퍼져 밭을 덮은 것을 보니 꽃씨가 같은 꽃을 피우듯 말씨는 같은 말씨를 낳는다. 수많은 말씨 중에서도 가장 아름다운 것은 고치려 해도 고쳐지지 않는 사투리가 아닐까. 그것이야말로 가장 자기답고 가장 향토색 짙은 신토불이다.

머위꽃을 보며 신토불이 말놀이를 해본다. "저게 뭐유? 머위라니까유, 머위!"

나의 방언은 국화과의 여러해살이풀이다
서울에 와서 아리수만 먹어도 아주 잘 산다
땅속줄기가 속으로 뻗어 말끝에서 기어이 또 잎으로 나온다
포기 나누기와 종자로 번식도 잘된다

느리지만 고도의 압축과 축약으로 사투리 중 제일 빠르다
쓴맛이 좋은 토종의 허브로 향기가 독특하고 알칼리성 식품이다
비타민과 칼슘 성분이 많아 골다공증과 변비예방에도 탁월하다
끝까지 패를 읽기 어려운 난해성이 있으며
직접적인 걸 싫어하고 반그늘을 좋아하는 은유성이다

술 혀 안혀? 혀유

이 집 워뗘? 괜찮유

딴 데 갈텨? 됐슈

고향 한 번 다녀오면 어느샌가
나도 모르게 밖으로 겨 나오는 'ㅕ', 'ㅑ', 'ㅠ'의 방언줄기들
누군가 머위꽃을 보고 묻는다

저게 뭐예요? 머유
뭐요? 머위라니까유, 머위요 머위

_〈머위〉

새하얀 머위꽃을 보며 생각한다.
꽃씨가 같은 꽃을 피우듯
말씨는 같은 말씨를 낳는다는 것을.

수천 년
희망을 지켜온
보루길

고구려가 적의 침입을 막기 위해
공들여 쌓았다는 보루성.
보루길에서 만날 수 있는 사패3보루는
해발 234미터 지점에서 작은 봉우리들을
두르고 있는 삼국시대의 석축이다.
지금은 그 형태가 많이 훼손되어 있지만
이 성벽이 축조되었던 당시에는
적의 침입으로부터 나라를 든든히 지켜주던
높고 튼튼한 장벽이었을 것이다.
천 년 전 이 보루 앞에서 눈빛을 반짝이며
성벽을 지키고 서 있었을 앳된 병사,
이 담 너머에서 무슨 생각을 했을까.
끼니를 걱정하던 어머니와 누이를 생각하며
손발이 굳어버릴 듯한 엄동설한에도
마음에 강건한 보루를 세우고 있었을까.
이 길을 걸으며 세상의 평지풍파에 약해진
내 마음에 보루 하나를 세워보자.
내일을 살아갈 수 있는 든든한 힘을
얻게 될 것이다.

사패산 3보루

소 재 지 : 의정부시 호원동 산35 2 산36-2/산82-3
유적성격 : 삼국시대 고구려) 석축 보루성
규   모 : 해발 234m, 둘레 250m, 면적 2,901㎡

북서쪽의 사패산1보루에서는 800m, 2보루에서는 940m 가량
떨어진 곳으로, 동쪽의 수락산보루와 대응하며 중랑천을 따라
남북으로 연결되는 고대 교통로를 통제하는 역할을 했던 보루로
추정된다.

유적의 평면 형태는 북동 –남서방향에 장축을 둔 장타원형에
장축 길이는 약 100m에 달하여 사패산 보루군 중 규모가 가장 크다.
성벽은 주변에서 쉽게 구할 수 있는 화강암 활석을 주로 사용
하였으며, 면적의 경우 30~50㎝ 크기의 장방형 석재를 사용하여
열줄을 맞추어 가며 쌓아 올렸던 것으로 보인다. 서쪽 성벽은
비교적 잔존상태가 양호하며, 성내부에서는 원형에 가까운 석축
시설이 일부 남아있다. 지표조사시 주로 북동쪽의 진입로 주변에서
삼국 ~ 통일신라시대 토기편이 주로 수습되었다. 보루 내부는
유적의 훼손이 심하며, 정상부 외곽을 돌아가며 쌓았던 것으로
보이는 성벽은 대부분 붕괴된 상태이나 건물지를 비롯한 내부
시설이 확인될 가능성이 있다.

제16구간 **보루길**
회룡탐방지원센터~원도봉 입구 2.9km, 1시간 30분, 난이도 상

홀로
가는 것들

보루길이라는 이름은 사패산 능선부에 남아 있는 삼국시대의
석축 보루성에서 따온 것이다. 그 이름만 들으면 석벽을 따라
걷는 지루한 길이 연상되지만, 회룡탐방센터에서 원도봉 입구
로 이어지는 이 길에는 석축이며, 폭포, 절, 다양한 들풀까지 볼
거리가 풍성하다. 다만 다른 구간에 비해 흙길이 많고 능선도
이어져 있어 난이도가 높은 편이라는 점을 염두에 두어야 한다.

회룡폭포를 구경한 후 다시 보루길을 따라 원도봉으로 갈 예
정이라면 원심사에 들어 감로 한 잔으로 목을 축여보는 것도 좋
겠다. 원심사에서 솟는 감로는 단단한 암반층과 두터운 지각을
뚫고 물길을 열어낸다. 부챗살과 같은 명상의 빛으로 눈 속의
어둠을 씻어내어 어둠 속에서도 길을 잃지 않게 한다.

그러고 보면 모든 생명은 저 감로처럼 틈을 나와서 다시 틈으
로 돌아간다. 우리는 모두 그 틈새를 살고 있는 것이다.

오병이어의 기적과 같이

한 방울로도 능히

항하사를 적시고

젖과 꿀을 흐르게 하는

감로

물독에 홀로 고이고

저 홀로 넘치는

마음의 절간

_〈원심사에서〉

모든 생명은 저 감로처럼 틈을 나와서 다시 틈으로 돌아간다.

사람을 품은
꽃

회룡탐방지원센터

명자꽃

개망초

원도봉 입구

보루길을 한참 걷다 보니 낯익은 꽃나무가 나를 반긴다. 봄기운
이 완연할 때면 붉은 꽃잎을 흐드러지게 피우던 산당화다. 그
붉은빛이 하도 고와서 꽃나무 중에 으뜸이라고 칭송받던 그 꽃.
이름 또한 친근하고도 명쾌한 명자꽃!

친근해서 어렵지 않고, 어렵지 않아서 늘 기억하던 그 이름.
길고도 뾰족한 가시를 가졌으나 상대방의 순정한 눈빛을 먼저
읽는 꽃. 그 붉은 빛깔이 자꾸 누이 같은 느낌을 주는 꽃. 남몰
래 가슴앓이를 해도 결코 내색하지 않고 또한 아무것도 묻지 않
는 저 꽃. 가시 돋친 장미의 붉은빛을 꼭 닮아 장미과의 관목으
로 분류된 것일까, 나뭇가지 가득 피워낸 고운 빛깔 탓인지 흐
드러진 붉은 꽃잎에 얼른 취하고 만다.

그 주변으로는 어린 시절 친구들과 한줌 크게 꺾어 화관을 만
들곤 하던 개망초가 이른 더위에 꽃을 만개하려고 분주히 자리

를 잡으며 키를 늘이고 있다.

제 집인 양, 들길을 무단 점거하던 개망초. 1910년대 일제치하에 들어 유독 여기저기 많이도 돋아났다고 해서 '망할 망亡' 자를 붙여 그 이름이 '개망초'가 되었다 한다.

어느 시인은 개망초를 보며 '여기저기에 피어 있는 밥풀 같은 꽃'이라 했다는데, 나로서는 그 옛날 흔하디흔하던 풀꽃조차도 쉬이 만날 수 없는 팍팍한 도시의 인심이 안타깝기만 하다.

도심에서 이리저리 치이다 바람에 떠밀려 새로 뿌리를 내린 곳이 하필 보루길이었을까. 이곳에 당도하기까지 얼마나 힘든 시간을 보냈을까. 바람은 또 얼마나 자주 불었으며 얼마나 많이 애태웠을까. 희망이 아니라면, 사랑이 아니라면 이 순간까지 인내하며 올 풀꽃이 얼마나 될까. 저 풀꽃들이 있어 세상의 비탈은 무너지지 않고 희망은 희망으로 사랑은 사랑으로 이어진다. 작은 풀꽃들이 날마다 화촉華燭을 밝히는 봄날, 세상에 빛 아닌, 희망 아닌, 사랑 아닌 들꽃이 없다.

해마다 이쯤이면

심해의 기억 속에서 수면 위로

뽀글뽀글 기포처럼 솟아올라

마침내 개화하는 얼굴

유년 시절 바로 옆집

홀아비 모시며 늦도록 시집 안 가고

모시 삼고 시보리 뜨며

애기 같은 내게 자꾸만

쑥개떡 먹여주며 환하게 웃던

당내 명자 고모

해마다 이쯤이면

바로 어제 같은 시간 속에서

꼬마 풍선처럼 부풀다

색색의 비눗방울로 날아오르는

천사 같은 고운 얼굴

갓 결혼한 옆자리 새댁에게

예쁜 아기 낳으라며

능금사과 책상에 올려놓을 적마다

환하게 미소 짓던

명자 선생님

아무리 많고 날카로워도
유일하게 찔려본 적 없는
저 가시나무꽃

_〈명자꽃〉

가지마다 흐드러진 붉은 꽃잎에 내 마음이 얼큰 취하고 만다.

일제 치하에 들어 유독 많이도 피었다 하여 '개망초'라 이름 지었다 한다.

풀은 풀이라고 말하지 않는다

꽃도 꽃이라고 말하지 않는다

풀은 풀을 알고, 꽃은 꽃을 안다

이미 바람을 알아버린 풀과

이미 나비를 알아버린 꽃이

하나의 눈빛으로 만나 피워낸

풀꽃, 저 풀이 바람의 언덕에서

오늘 화촉을 밝혔다

이제 신부가 입장할 차례를

가만 숨죽이며 기다리고 있다

_〈개망초〉

보루길의 정식 코스는 아니지만 더위를 피해 폭포를 구경하고 싶다면 회룡골계곡을 추천한다. 회룡탐방지원센터 부근에 있는 석천사 앞에서 회룡사 방향으로 걸음을 옮기면 회룡사에 닿기 전 암반지대를 지났을 즈음 폭포가 나온다.

도봉산 내에서는 송추계곡, 용어천계곡 다음으로 수량이 많고 깊어 시원한 물줄기를 자랑한다는데 역시 그 풍문이 사실이다.

그 바위틈에 배낭을 내려놓고 땀을 식히니 거칠 것 없는 맑은 물빛에 구름이 둥실 떠간다. 이렇게 보면 이렇게 보이고, 저렇게 보면 또한 저렇게 보이는 빛. 그 빛을 바라보니 우리 모두가 오랜 세월 동안 세상의 외면을 읽는 데만 익숙해져서 내면을 읽는 눈은 잊고 살았다는 생각이 머리를 스친다. 빛의 굴절에 비친 세상이 내가 알고 있는 세상의 전부일까. 나의 눈에 세상을 드리우는 빛은 어디에서 나고 어떻게 사라지는가. 그 빛은 우리

거칠 것 없는 맑은 물빛 위로 흰 구름이 두둥실 떠간다.

에게 무엇을 일러주는가. 좁은 틈일수록 돌아들어 가며 회절무
늬를 만들고, 서로 다른 경계에서 굴절하는 이유는 무엇인가.
눈으로 보는 형상이 과연 우리가 보는 형상의 진면眞面인가.

　물 위를 흐르는 빛을 바라보다 자연이 일러주는 깨침을 퍼뜩
알아차린다. 결국 모든 현상을 일으키는 것은 빛도 어둠도 아닌
바로 나의 마음이라는 것을. 마음으로 만든 형상을 마음으로 지
우지 못하면 결국 나 자신이 그 형상에 붙들리고 만다는 것을.

하늘이 열리고, 흠뻑 비가 내렸다
석굴암 연꽃바위 돌뿌리까지 젖어
석련이라도 피는 것인지
어디선가 향기 번지고 있다
근심 아닌 것들이 없는 목숨들
해우한 오늘은 함초롬히 물기를 머금고 있다

스스로 벽이 되었던 폭포는 면벽의 오랜
시간 끝에 다시 목소리를 얻어
눈물과 고통 있는 것들을 위무하며
기쁨을 천지간에 내쏟고 있다

모처럼 신발 끈 풀어놓고
안팎의 더위를 식히고 있는 광경이
저 위 노보살처럼 폭포는 흐뭇하다
그러나 폭포는 자식 많은 아버지다
슬하에 거느린 담과 소가 마를까
근심 걱정 마를 날 없다

한 방울도 갖지 않기 위해

스며들 틈 없이 오래전에 단단해진 바다

그 바다으로 폭포는 저렇게

아찔한 벼랑으로 거듭 곤추서 있다

_〈회룡폭포〉

정겨운
고향을 닮은
다락원길

흙먼지를 일으키며

마을 어귀를 지나가는 읍내 버스와

이따금 한낮에도 들려오는 꿩의 울음소리,

무료하도록 평온한 일상을 깨는 모든 것들이

깊이 모를 정적에서 온 듯

결국 깊은 정적 속으로 침잠하고 만다.

이파리보다 더 무성한 매미 울음소리,

명아주 이파리 아래 이슬방울 떨어진 자리마다

선명한 눈물자국 같은 흔적들 고스란히 남아 있다.

시골의 정취가 사라진 시대에 옛 시골길의 정취를 느끼며

동심 어린 시절로 돌아갈 수 있는 길이 이 다락원길이다.

현대화된 방식이 몸에 밴 우리는 점점 무뎌져만 간다.

감정을 잃고 사고는 굳어져만 간다.

이 다락원길을 걸으며 고향을 찾은 듯한 정겨운 향취를 더듬어보라.

잃어버린 시골길의 추억을 하나둘 되돌리듯.

 제17구간 **다락원길**

원도봉 입구 ~ 다락원 3.1km, 1시간 30분, 난이도 하

원도봉 입구

엄홍길 기념관

대원사

원도봉
탐방지원센터

신흥대학

북한산국립공원
도봉사무소

호원고교

호암초교

잭슨 "캠프"

의혜공주묘

다락원 캠프장

다락원공원지킴터

서울
인강학교

다락원

대원사에서
마음을 읽다

한 시간 반 남짓, 산책을 하기에 좋은 다락원길. 이곳에는 조선 시대 역관들이 묵었던 원院이 있었고, 거기에 다락(누각)이 있어 다락원이라는 지명이 생겼다. 국립여관 격인 원 주변에는 주막과 장사치들이 늘어 시장이 생겨났을 것이다. 수백 년 전 풍경을 상상하며 길을 나서니 대원사 돌담이 길을 안내하듯 곡선을 그리며 뻗어 있고, 담 하나 사이에서 사람들은 서로 다른 목적지를 향해 길을 걷는다.

그 옛날 다락원에서 손님을 맞던 장사치들의 마음을 읽듯, 담을 가르는 바람도 읽고, 바삐 걷는 행인들의 걸음도 읽는다. 살기에 바빠 이렇듯 타인의 마음을 살피는 일이 언제였던가.

마음은 하나인데
그 마음속에는 두 세계가 있네

이쪽과 저쪽, 이것과 저것

당신과 나

마음이 둘이 되네

둘이 있으니

저절로 사이가 생기네

멀어진 그 둘이 또 둘을 만드네

하나의 내가 무수히 분열되어

처음의 나는 보이지도 않네

필요한 것은

함께 다니는 부부와 연인들처럼

손잡을 수 있는 거리만큼만

사이를 두는 것이네

이쪽과 저쪽이, 이것과 저것이

당신과 내가 맘먹으면 언제고

잡을 수 있는 그 거리

그걸 확인하기 위해

가끔씩 손 내밀어 보네

지척이 천 리이고, 천 리가 지척임을

새삼 알겠네

_〈대원사 가는 길〉

그 흔한 빛과 소금이
되지 마라

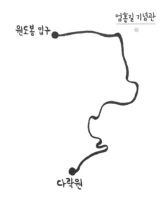

세계 최초로 히말라야 16좌를 오른 엄홍길 대장이 유년 시절부터 놀이터 삼아 올랐던 곳이 바로 도봉산이다. 그의 뜨거운 열정에 공감하는 사람이라면 다락원길에 위치한 엄홍길 전시관을 꼭 한번 들러보기를. 세계에서는 여덟 번째로, 한국에서는 최초로 14좌 등정에 성공한 것을 기념하기 위해 옛날 호원동사무소 자리에 이 전시관을 열었다 한다.

그래서 이 길에 오르면 나는 산을 사랑하는 사람의 마음가짐에 대해 생각하게 된다. 산에 다니는 사람은 많으나 진짜 산사람은 드물다. 그렇다 보니 산은 종종 소란스럽고 깊이와 고요를 잃을 때가 많다. 그것은 간판만 보면 모두가 원조이고 말만 들어보면 자기만이 진미이고 일품인 것과 같은 이치다.

산에 오르는 것은 잃어버린 자신을 찾으러 가는 길임을 잊지 말자. 오만과 불손과 소란으로부터 멀리 도망친 나를 찾기 위해.

세계 최초로 16좌를 오른 산악인

그 거봉의 이름을 에베레스트는 안다

불가능을 가능의 세계로 옮겨온 사람

그 자신은 이미 17좌가 되었지만

까마득한 높이를 뒷동산처럼 깎아

희망의 언덕을 넓게 펼친

맘씨 좋은 동네 아저씨 같은 사람

정신은 이미 만년설의 흰빛이 되고

가슴은 뜨겁게 달궈진 돌처럼 식지 않는

열정과 오지 소년의 미소를 지닌 산사나이

언제나 자신의 꿈을

히말라야 새벽 산의 태양처럼 바라보며

여명을 온 누리에 흩뿌리는 사람

사람 속에 산이 있고, 산 속에 사람 있음을

보여주며 자신을 가장 높이 올랐던

산사람, 아무도 자신의 이름을 말하지 않는

산들은 그 이름을 안다

_〈17좌〉

세계 최초 히말라야 16좌 완등 산악인
엄홍길 전시

산에 다니는 사람은 많으나
진짜 산사람은 드물다.
그렇다 보니 산은 종종 소란하거나
깊이와 고요를 잃을 때가 많다.

아프지
않은 것은 없다

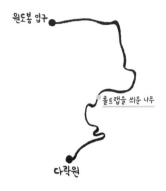

다락원길을 따라 삼십 분 남짓 걷다 보니 붕대를 감듯 노란 옷으로 나무의 몸통을 칭칭 동여매 놓았다. 무슨 영문인가 궁금하여 자료를 찾아보니 참나무시듦병을 예방하기 위한 끈끈이 테이프인 '롤트랩'이란다. 참나무시듦병이란 곰팡이가 물과 영양분을 공급하는 통로를 막아 나무를 말라 죽게 만드는 병인데, 여기에 옥수수 전분으로 만든 롤트랩을 씌우면 나무 안에 잠복해 있던 해충이 밖으로 나와 다른 나무에 피해를 주는 것을 막고, 반대로 밖에서 벌레가 기어드는 것도 막아준다는 것.

기온이 날로 따뜻해지고 강수량도 늘어난 탓에 벌레가 기승을 부린다는데 그렇게 동여맨 나무들을 보니 내 마음도 아리다.

그러고 보면 존재하는 것들은 모두 아프다. 온몸으로 밀고 나가는 삶의 순간마다 통점이 생기고 그 통점을 자극하는 것들로부터 정신은 깊어진다. 고통과 직접 대면했던 저 나무들도 지금

은 아프겠지만 그 고통과 속박으로부터 더 튼튼히 자라날 것이
다. 더 깊어질 숲을 위하여.

끈끈이롤트랩 감고 있는 나무들
광릉긴나무좀벌레가 쏟아낸
하얀 톱밥가루와 골다공증 같은 구멍들이 보인다
그동안 베풀기만 하고 살아온
저 아픈 나무들 사이로
관절과 허리통증 달고 사시는 어머니와
점점 등허리 낮아지는 아버지의 뒷모습이 보인다
열매와 그늘 다 내어주고
힘들 때마다 쉬어가던 나의 나무들,
잠시 걸음 멈춘 숲속에서
지금 이렇게 발목을 타고
찌르르 올라오는 통증들
그것이 이제까지 무슨 신호인지
까맣게 몰랐음을 일깨우는
저 아픈 나무들의 통증

_〈나무도 아프다〉

다락원공원지킴터를 향해 걸음을 내딛다 해를 향해 고개를 빳빳이 세운 예쁜 씀바귀 한 아름을 만난다. 까치발을 들고 줄기를 길게 늘여 조금이라도 더 따사로운 햇살을 받고자 손을 내민 풀꽃들……. 그 여린 잎마다 은총이 빛나고 있다.

햇빛을 받고 있다는 사실 하나만으로도 무량한 감사와 행복을 품은 듯 손을 흔드는 저 작은 손.

감사와 은혜가 일렁이는 이 길 위에서 생각지 않게 맞닥뜨린 작은 행운이 내 마음에 행복이라는 한줄기 바람을 불어넣는다. 저 풀꽃 한 송이가 채우고 있는 세상과 같이.

오! 눈이 부셔라

어느 영혼이 저리도

맑고 투명한 것일까?

바람이 흔들 때마다

허공을 금빛으로 채우는

저 충만함

이내 뿜어낸 빛들을

다시 모아 내뿜는

노란빛들의 분수

천지가 몰래

노랗게 물들고 있다

_〈씀바귀〉

씀바귀, 까치발을 들고 줄기를 세워 따사로운 햇볕을 받고 있다.

동천에
입문하는
도봉옛길

만길 벼랑을 아찔하게 깎아질러

아무도 범접치 못할 돌올한 기상으로

올연히 하늘에 세운 정신의 요새,

저기 어딘가에는

젖 먹던 힘을 다해 작은 날개를 팔랑거리며

거대한 암벽을 숨차게 오르던

배추흰나비의 길이 있다.

일찍이 태곳적부터 온몸으로 익힌 어둠 속의 길을

익숙한 날갯짓으로 재빠르게 날아오르던

박쥐의 길도 있다.

벽으로 단절되고 벽으로만 통하는

거대하고 눈부신 바위,

선인仙人들이 오른다는 하늘길이

바로 그곳에 있는 것인가.

길에서 길을 벗어나 유폐된 모든 길들을 견인하며

길 없는 길에 세운 저 우뚝한 길의 정점인 도봉道峰!

제18구간 **도봉옛길**

다락원~무수골 3.1km, 1시간 30분, 난이도 하

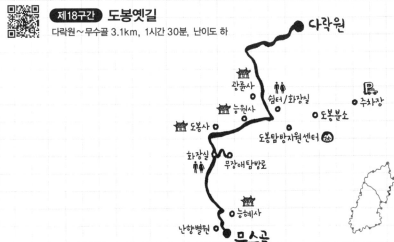

다락원

광륜사

쉼터/화장실

주차장

능원사

도봉분소

도봉사

도봉탐방지원센터

화장실

무장애탐방로

능혜사

난향별원

무수골

문사동에서 만난
스승

도봉옛길 구간의 첫머리인 다락원에서 삼십 분 정도를 오르면 광륜사가 보이고, 그 길에서 무수골이 아닌 도봉서원으로 방향을 잡으면 '스승을 모시는 곳'이라는 의미인 문사동問師洞이 나온다.

옛 도봉서원 터를 지나 구봉사, 마당바위 기점, 거북골 갈림길을 찾아 잠시 걸어가면 숙종 때의 문신 김수증이 조광조의 학문과 인품을 기리기 위해 계곡의 바위에 새긴 고산앙지高山仰止라는 네 글자가 보인다. 각자가 반쯤 잠긴 탓에 앙仰과 지止는 물속에서 그때를 추억하며 청산옥음으로 남은 그의 목소리를 듣고 있다. 물 밖으로 드러난 고산高山 두 글자는 '높은 학덕과 인격은 아무리 물이 불어도 잠기지 않는다'는 말을 전하는 듯 올연히 도봉처럼 솟아 흰빛을 발한다. 계곡은 굽이굽이 이어지고, 쏟아지는 폭포수와 맑은 소는 마음 안쪽 십리까지 펼쳐진다.

선계가 따로 없는 문사동 계곡은 내 마음의 참스승이 무엇인지를 일깨워준다.

스승을 모시고 이런 절경을 찾아 망중한을 즐기면 그보다 더한 즐거움이 어디 있겠는가. 산사마다 울리던 종소리에 복사꽃이 화르르 화르르 흩어지는데, 선계仙界가 따로 없는 문사동 계곡의 선경 끝자락쯤에서 비로소 고개가 끄덕여진다. 그래, 내스승을 이제야 알겠구나. 붉은 놀이 번지는 저 높은 만장과 선인, 저 산이 나의 참스승이로다.

구름도 가끔

자운봉 꼭대기에 걸려

옴짝달싹 못하는 때가 있다

바라볼수록

현기증 나는 저 봉우리

올라갈 길도 내려설 길도 없다

이 바위 저 바위

길을 찾다 그만

만길 벼랑에 갇혀

목숨 걸어야 길이 보이는

장엄한 도봉道峰

백금의 불꽃이 튀는

화엄의 바위산 있다

_〈고산앙지〉•

• "높은 산은 우러러보아야 하고, 큰길은 가야 하는 것이로다"라는 의미의
'고산앙지 경행행지高山仰之 景行行之'에서 나온 사자성어이다.

벽의 탈출

다락원
숲속의창
무수골

가끔 가슴이 답답해질 때가 있다. 머릿속에 꽉 찬 그 생각이 가슴으로 내려와 사방의 벽을 조이며 옴짝달싹 못하는 것일까. 생각의 틀에 갇히면 운신의 폭이 좁아질 뿐만 아니라 숨 쉬기조차 힘들다.

그런 날에는 도봉옛길 구간에 올라 자연의 창을 통해 세상을 들여다보라. 자운봉과 신선봉, 만장봉과 선인봉이 우뚝 솟아 있는 조각 같은 산봉우리와 그 위로 흘러가는 구름을 보면 마음이 한결 가벼워질 것이다.

갇힌 생각으로부터 벗어나 창밖을 바라보면 햇살과 바람이 내 안으로 성큼 들어서서 마음의 벽이 와르르 무너지게 마련이다. 가슴이 답답해지는 날에는 산에 올라 얼른 마음의 창을 열자. 열린 눈으로 세상을 바라보는 순간, 우리는 벽으로부터 탈출할 수 있다.

도봉옛길 들어서자 이내

그림 같은 숲의 창문 하나 나온다

배추흰나비도 거대한 암벽을 오르며

선인仙人을 꿈꾸는 선인봉과

만길 벼랑의 만장봉이며 절정의 자운봉

속세를 밀어낸 선경이 들어온다

어느 가슴인들 뛰지 않으랴

어느 마음인들 빠져들지 않으랴

바라보는 그 순간 이미

치명적 연정을 품게 될 줄 어찌 알랴

세상을 몇 바퀴 돌고 돌아도

다시 돌아오게 만드는 저 도봉道峯

저 길 오를 때마다 가만가만

하늘의 말씀이 오래된 경전의

책장 넘기는 소리로 들려오는

저 바위들의 희디흰 잠언

_〈창〉

들꽃의
숨소리를 듣다

도봉옛길에는 '청정지역'이라는 명성에 걸맞게 쉬이 볼 수 없는 다양한 들꽃이 길손을 반긴다. 그 길에는 붉은 주머니가 탐스러운 금낭화도 있고, 너도나도 볕을 바라보고 앉아 있는 귀여운 개별꽃도 있다.

분홍 한복 치마저고리를 두른 듯한 금낭화는 설악산 같은 초목이 무성한 계곡에서나 만날 수 있다 생각했기에 예서 마주하니 더 반가운 마음이다. 사람의 지나친 관심이 닿지 않은 곳이란 뜻일까.

주머니 모양의 화관이 주렁주렁 매달려 복스러운 금낭화는 타박상이나 종기를 치료하는 데 쓰이는 약재가 된다 하였고, 개별꽃 역시 어린순은 식용으로, 성숙한 것은 약용으로 쓰인다고 한다. 작은 들꽃 한 송이가 자연에 들어서는 자연을 살리고, 사람의 손에 들어서는 사람의 병을 고치는 데 쓰인다고 하니 이렇게 작은 생명에도 세상의 이치와 강한 생명력이 깃든 셈이 아닌가.

'그냥 꽃이구나' 하고 지나치면 한 손에 꺾어쥐고 마는 작은 꽃에 불과하지만 이렇듯 사연을 알고 어린 풀꽃의 숨소리에 귀를 기울이면 귀한 생명을 비로소 마주하게 된다.

우리가 새봄을 맞을 때마다 설레는 것은 그런 강한 생명의 힘과 에너지를 받아들이기 때문이 아닐까. 죽은 것만 같았던 메말랐던 가지에도 어느샌가 물이 오르고, 햇살을 품으며 재잘거리는 새싹들은 봄날의 응달에서도 제 생명력을 자랑한다. 푸르게 일렁이는 봄바람에 어깨춤을 들썩이면서.

옹기종기 모여앉은 개별꽃들은 별을 바라보며 어떤 꿈을 꾸고 있을까.

그리움 앞에

사랑은 아프고 눈물은 붉다

눈물 붉어질 때

생은 오열로 넘치고

삶은 눈물샘처럼

자꾸만 안으로 깊어진다

지금, 통점마다

주렁주렁 주머니 매달고

눈물 받고 있는

저 붉은 꽃

무게를 견디느라

등허리가 휘었다

_〈금낭화〉

분홍 저고리를 두른 듯한 금낭화, 약재로도 쓰인다고 하니 자태만큼이나 심성도 곱다.

무아의
마음

도봉옛길 구간에는 도봉사, 광륜사, 능원사 등 사찰이 많아 옛
선조의 정취를 느끼며 사색을 즐기기에 좋다. 호젓한 그 길을
걸으며 만나게 되는 장엄한 바위와 아름다운 산세를 보면 가슴
이 뛴다. 그것은 절창의 시 한 줄과 벼락이 치는 그림과 글씨,
하늘의 선인이 내린 듯한 완벽한 춤사위를 보는 것 같은 놀라움
이자, 즐거움이다.

그중에서도 가장 눈에 띄는 곳이 능원사인데, 화려하기가 한
폭의 동양화를 들여다보는 듯 아름답다. 이곳은 한국의 어느 종
파에도 속하지 않는 미륵 기도 도량이라고 하는데, 종교와 종파
를 따지지 않고 건축물 그 자체의 아름다움에 취해보는 것도 좋
을 법하다.

도봉옛길의 호젓산 산자락을 걸으며 생각에 잠겨보라. 화가가
그림을 그리고 시인은 시를 쓰고 안무가가 춤을 추고 나무가 열

능원사 현판, 화려하기가 한 폭의 동양화를 들여다보는 듯 아름답다.

매를 맺는 일체의 행위들은 또 하나의 자기 자신을 세상에 태어나게 하는 일이자, 내 안의 또 다른 나를 마주하는 일이기도 하다. 세상 모든 생명이 각자의 분야에서 무아의 마음으로 또 다른 자신을 만나듯, 이 길을 걸으며 내 마음을 들여다보라. 그러면 어느 때, 어느 길에서 불현듯 내 안의 진짜 나를 마주할지도 모르는 법이니.

저 눈부신 황금단청

티끌 한 점 앉을 자리가 없다

마음이란 무엇인가?

지금처럼 순금과 같을 때는

단 일 그램으로도 삼천 미터를 늘이고

얇게 만들어 숨 쉬는 순간

날아가 버리기도 하는 것

어떤 때는 바위와 같아서

천둥과 번개 속에서도 꿈쩍을 않다가

또 어떨 때는 까마득히 날아올라

솔개처럼 세상을 내려다보기도 하는 것

알다가도 모르고, 모르다가도

전등처럼 환해지는

있다가도 없고 없다가도 있는 이 마음

저 단청은 필시 그 마음에 점찍을 줄 알고

오방색을 입힐 줄 알아

순금의 마음에 단청을 입힌

단청장의 비밀, 아무리 어둠이 감싸도

순금은 순금의 빛을 더할 뿐이다

_〈도봉산 능원사에서〉

능원사를 걷다 보니, 마음먹기에 따라 세상이 달라 보인다는 이치가 불현듯 떠오른다.

만물의 이치를
보듬어 안은
방학동길

탁 트인 쌍둥이 전망대에서

우리가 사는 세상을 내려다보면

다 같은 풍경 같아도 확연히 다름을 느낀다.

그곳에 올라서서 넓은 시야로 들여다본 세상은

'물을 뜬 바가지는 하나이지만 그 둘은

엄연히 다른 둘'이라는

세상의 오묘한 이치를 일깨운다.

무엇이 같고, 또 무엇이 다른가.

내 눈에 같아 보이는 것은 진정 같은 것일까.

그래서인지 이 길은

마음이 무겁고 생각이 많은 날,

사색에 잠길 수 있는 한적한 코스이기도 하다.

바람결에 흩날리는 민들레 씨앗 하나에도

삶의 섭리와 이치를 배울 수 있는 방학동길.

이 길을 걸으며 마음을 들여다보라.

자신의 인생과 그 걸음걸음에 대하여

좀 더 선명하게 전망할 수 있을지도 모를 일이니.

제19구간 **방학동길**

무수골 ~ 정의공주묘 3.1km
1시간 30분, 난이도 중

무수골 공원지킴터 ● 쌍둥이전망대 **무수골**

신방학초교

시루봉 ● 포도밭

정의공주묘

마음 쓰이는 것
없다

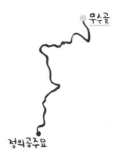

무수골

정의공주묘

방학동이라는 이름은 곡식을 찧는 방아가 있었던 자리라는 뜻의 '방아골'을 한자로 옮겨 적다가 음이 비슷한 방학리가 되었다는 이야기도 있고, 방학동의 지형이 학이 알을 품고 있는 형상이라는 데서 생겨났다는 이야기도 전한다.

도봉옛길을 끝내고 방학동길을 이어 걷다 보면 길의 초입을 가로지르는 시원한 내천을 만나게 되는데, 이곳에 서서 맑고 청아한 물줄기를 바라보노라면 근심도 두려움도 원망도 슬픔도 모두 물처럼 바람처럼 지나가기 마련이다. 그래서인지 계곡의 이름 또한 '걱정이나 근심이 없는 골짜기'라는 뜻의 무수無愁울에서 비롯되었다 한다.

아이들이 천진난만한 웃음을 터트리듯, 지금 이 순간에만 집중해보라. 딱 삼 초면 된다. 그 삼 초를 견디면 모든 것이 지나가고 자연의 품에 든 평온한 나만이 내 안에 남아 있다.

무수골이라는 이름은 '걱정이나 근심이 없는 골짜기'라는 뜻의 무수울에서 비롯되었다.

마음의 형태

무수골에서 정의공주묘 방향으로 이십여 분 남짓 길을 걷다 보면 방학동길의 명소로 손꼽히는 쌍둥이 전망대를 만날 수 있다. 이곳에 올라 세상을 내려다보면 갖은 편견과 아집에 둘러싸인 내 자신을 만나게 된다.

우리 눈에 보이는 세상은 상황과 감정과 생각이라는 환경에 따라 그 꼴을 수시로 바꾼다. 세상에 둥글지 않은 것이 무엇인가? 우리의 마음은 본시 둥글고, 늘 그 둥근 형태로 돌아가려고 마음은 끊임없이 변화하고 있다. 다만 우리의 분별심이 이것은 저것과 다르고 저것은 이것이 될 수 없다는 고정관념을 낳았다.

내 눈에 보이는 것이 반드시 옳다는 생각, 그 고정관념을 깨뜨리는 것은 쌍둥이 전망대와 같은 탁 트인 높은 전망이다. 보라, 저 하늘의 구름이 어떤 형태를 만들며 또 어떤 모양을 지우는지를.

우리 눈에 보이는 세상은 상황과 감정과 생각이라는 환경에 따라 그 꼴을 수시로 바꾼다.

까막눈의
현자 賢者

무수골
까막딱따구리
매미
정의공주묘

오래전에는 학이 노닐었다는 이 아름다운 숲길, 방학동길의 깊은 숲속에는 천연기념물인 까막딱따구리가 집을 짓고 산다. 딱따구리는 어느 나무가 속병 들었는지 그 이상한 청진기를 들이대지 않아도 통통 두들겨보면 다 안다. 사람의 손길을 피해 더 울울창창한 숲을 찾아 자꾸만 도망 다녀야 한다는 것도, 이 산골 무지렁이는 다 알고 있다. 절간 같은 산이 좋아서 그냥 사는 것뿐인데 언제까지나 쫓겨 다니는 신세라는 것도 다 알고 있다.

까막딱따구리는 제 처지와 비슷했던 친구 크낙새를 잃은 슬픔을 여태 잊지 못하고 있다. 크낙새가 이 숲을 떠난 까닭은 산이 울리도록 너무 크게 '클락, 클락' 하고 울었던 탓이었을까.

이 숲을 지키기 위해, 사람에게 이 숲을 내어주지 않기 위해 까막딱따구리는 조용조용 울고 스님의 목탁소리에 맞춰 가만가만 나무를 쫀다.

통통통통, 탁탁탁탁

목탁을 두들기는 저 진객

맑고 울창한 숲 아니면 깃들지 않는다

온 산 울리는 거목 아니면

집 짓지 않는다

머리에 쓴 붉은 보관寶冠 말고는

한 점 잡빛도 없다

끼이이윱, 끼-이윱 주고받다가

딱딱딱딱 딱따구르르 뚜르르 뚜르르르

뚜루루룩 따그르르 따그르르 도르르르

이 땅의 첫눈을 불러오는

독경의 저 탁목啄木 소리에

적막강산 동안거에 들다 빠진

나무들의 졸음이 화들짝 깨고

깊은 산의 단풍이 스스스 진다

_〈까막딱따구리〉

이 숲을 더 지키기 위해
사람에게 이 숲을 내어주지 않기 위해,
까막딱따구리는 조용조용 울고
스님의 목탁소리에 맞춰
가만가만 나무를 쫀다.

피를 토하는 울음

한 가슴 울릴 수만 있다면

한 번뿐인 이승의 날들이

딱 하루여도 좋습니다

어차피 그대에게 이르지 못하면

땅속에 웅크린 어둠의 유충일 뿐입니다

울다가 자진할지라도

그칠 수 없습니다

혹여 그곳이 연옥일지언정

그대 그냥 거기 있으세요

가다가 날개를 태워

다시 날지 못해도

울다가 성대를 잃은 벙어리가 되어도

모든 눈물 있는 것들의

뇌리에 색인된 기억의 울음으로

당신께 가겠습니다

조금만 더 거기 있으세요

_〈매미〉

늦여름과 함께 생을 마감해야 한다는 걸 아는 듯, 매미는 숲에 긴 울음을 남긴다.

왕조의 숨결이
살아 있는
왕실묘 역길

둘레길에는 역사가 잠들어 있다.

우리는 그 길을 걸으며 지혜와 슬기를 배운다.

칠흑 같은 암흑의 시기에도

분연히 떨쳐 일어서

누란으로부터 나라를 구하는 이 있고,

세상이 제아무리 혼탁하다 해도

세상의 부귀를 마다하는

허유許由와 소부巢父 같은 사람이 있어

세상의 바른 길을 알려준다.

바로 이 길에 그들의 고매한 정신이 잠들어 있다.

세상 모두가 잊고 흙더미에 사그라졌다 해도

이 길 어딘가에 옳은 것이 무엇인지를

바른 길이 무엇인지를

일러주는 그들이 잠들어 있다.

 제20구간 **왕실묘역길**

정의공주묘 ~우이 우이령길 입구 1.6km, 45분, 난이도 하

정의공주묘

연산군묘

우이 우이령길 입구

꽃잎의
이슬

정의공주묘

우이 우이령길 입구

우이 우이령길을 향해 발걸음을 내딛는 왕실묘역길의 초입에는 세종대왕의 둘째 딸이었던 정의공주묘가 안장되어 있다. 세종의 정비였던 소헌왕후 심씨의 소생인 정의공주는 한글창제에 큰 공을 세웠지만 단지 '여자'라는 이유만으로 역사에 이름을 남기지 못했다 한다.

《죽산안씨대동보竹山安氏大同譜》에는 "세종이 우리말과 한자가 서로 통하지 못함을 딱하게 여겨 훈민정음을 만들었으나, 변음과 토착을 다 끝내지 못했다. 이를 여러 대군에게 풀게 하였으나 모두 풀지 못하였다. 그러던 것을 공주에게 내려보내자 공주는 곧 풀어 바쳤다. 세종이 크게 칭찬하며 상으로 노비 수백을 하사하였다"는 내용이 전한다.

정의공주묘 주변으로 곱게 피어난 꽃잎에는 어둠의 고통을 벗고 나온 듯, 이슬이 영롱하다. 하늘의 눈물인가 꽃의 눈물인가.

잘 떨어지지 않는 물방울들이 더 큰 물방울 쪽으로 자리를 옮기며 분주히 새벽의 한기를 벗어난다.

　이렇듯 우리는 역사 속의 꽃들이 후세에 남긴 꽃말을 통해 새로운 희망을 찾고 꿈꾸며 사랑하게 된다. 그것이 세상의 모든 꽃들에게 우리가 허리를 꺾는 이유다.

　　세종의 둘째 딸이자 안효공 안맹담의 아내
　　매우 총명하여 한글창제에 큰 공을 세웠다
　　여자라는 이유로 그 공을 인정받지 못했다
　　사대부들이 한글을 '암클'이라며 조소를 했다
　　복사꽃처럼 곱고 목화솜처럼 따뜻했다
　　남편을 일찍 잃고, 단종의 폐위까지 지켜보았다
　　까맣게 오그라든 늦가을 단풍처럼 속이 탔다
　　하고 싶은 말 한 마디 않고 다 갖고 갔다
　　지금까지 저렇게 하나도 빠져나가지 못하게
　　큰 이응 두 개로 나눠 완벽히 엎어놓았다
　　이 모든 이야기 묘소 앞 청단풍이 들려주는 말이다
　　그때마다 단풍잎 핏빛 눈물 붉어지고 있다

　　_〈정의공주를 읽다〉

소헌왕후 심씨의 소생인 정의공주는
한글창제에 큰 공을 세웠지만
단지 '여자'라는 이유만으로
역사에 이름을 남기지 못했다 한다.

엇나간
탕춘 蕩春

비운의 삶을 살았던 연산군, 그 묘역을 걸으며 그의 속마음이 문득 궁금해진다. 뜰에 소리 없이 내려앉은 달빛을 보며 저 무덤에 누워서도 잠을 못 이루고 있을까?

왕실묘역길이라는 이름답게 이곳에는 조선의 10대 임금이었던 연산군과 그 왕비인 거창군부인 신씨의 묘가 안장되어 있다. 성종의 큰아들로 태어나 열아홉의 나이에 임금 자리에 오른 연산군은 폭정을 일삼은 탓에 폐위된 후 강화도로 유배되었고, 서른하나의 젊은 나이에 유배지에서 병이 들어 숨을 거두었다. 그러다가 칠 년 후인 1513년에야 부인 신씨의 요청으로 묘소를 이곳 방학동 자리에 옮겨 이장하였다.

이곳은 연산군의 딸과 사위가 함께 안장된 가족묘의 형태를 이루고 있지만 후세에 길이 전해지는 아픈 비화 때문인지 언제 보아도 그 자리가 쓸쓸해 보이기만 한다.

연산군묘에 세워진 문인석은 오백 년 전의 아픔을 기억하고 있을까.

홍청망청興靑亡靑 인생을 탕진하다
'욕견신씨欲見愼氏' 한마디를 남기고
혈기방장한 나이에 죽은 지아비
미웠으나 교동도에 두기는 마음이 아팠다
유배지에서 옮겨오지 못하면
부인 신씨는 죽어도 눈을 감을 수 없었다

임금의 윤허가 내려지고 비로소
절해고도에 안치된 자신의 영혼도
유배에서 풀려날 수 있었다
다만 펴보지도 못하고 병사하거나
죽임을 당한 어린 새끼들이
꿈속에서 와락 달려들 때마다
생시처럼 눈물이 자리를 흥건히 적셨다

도무지 이승의 일이 아닌 것 같았다
잠 속인지 꿈속인지 꽃비 쏟아지던 날
아무런 생각 없이 잠에 빠지기 시작했다
눈부신 빛이 하늘에서 쏟아지고
천지에 일체의 소리가 사라졌다

천년 동안은 다시 깨어나지 않을 것 같은

까뭇한 기억의 마지막 밤이었다

_〈연산군묘역에서〉

주역을 깨친
대노大老

정의공주묘

방학동 은행나무

우이 우이령길 입구

연산군묘역과 가까운 거리에는 도봉구의 명소로 손꼽히는 은행 나무가 한 그루 서 있다. 수령이 팔백 년이 넘어 문화재로 지정된 이 나무는 높이 25미터에 둘레가 10미터가 넘는다.

연산군과 폐비 신씨의 아픔을 고스란히 지켜보았을 은행나무, 천지개벽한 현세를 굽어보며 무슨 생각을 하고 있을까.

수백 년을 살아온 나무들은 하늘과도 통하고 땅과도 깊이 접맥하여 세상의 이치를 깨친 입신의 경지에 들었다 해도 과언이 아니다. 그렇기에 오래된 나무들은 그냥 나무로 느껴지기보다는 신성한 영물과 같아 자기도 모르게 합장하는 마음이 된다. 밤마다 우주의 비밀을 풀어내느라 바친 그 까마득한 세월을 우리가 어찌 다 헤아리랴. 다만 우리가 할 수 있는 것은 말하지 않는 것들의 내면에 귀를 기울이는 일뿐이다.

나라에 큰 변이 생길 때마다 불이 난다는

팔백 년도 넘게 세상을 살아본 나무는

변역과 불역의 법칙을 온몸으로 깨달아

목신의 경지에 이른 서울의 대노大老

장차 어떤 일이 일어날지를 안다

그러나 무엇하랴

그것을 알지 못하는 몽매

알아도 믿지 못하는 불신과 설왕설래

하여, 가장 어둡고 폭우가 쏟아지는 날에

우레 속에서 홀로 벼락으로부터 가져온

하늘의 불씨를 지펴 제 몸에 불을 놓아

화급히 알리는 소신燒身의 전언

그때서야 어마지두 놀라 바라보는 사람들

지금 당장 제 발등 뜨겁고 아프지 않으면

바라보지 않는다는 걸 어찌 저 노거수가 모르랴

한 번도 상처를 말하지 않은 저 나무

화상 자국이 여기저기 별처럼 깊고 푸르다

_〈방학동 은행나무〉

연산군과 폐비 신씨의 아픔을
고스란히 지켜보았을 은행나무,
천지개벽한 현세를 굽어보며
무슨 생각을 하고 있을까.

누구나 마음에
샘 하나 있다

정의공주묘

원당샘

우이 우이령길 입구

어릴 적 시골마을에는 샘이 둘 있었다. 보름이고 그믐이고 때가 되면 어머니께서는 어김없이 막내인 나를 불러 샘물을 다 퍼내고 바닥까지 깨끗하게 청소를 하곤 하셨다. 별이 빛나는 것은 이 샘물이 맑기 때문이라며. 마치 편백나무가 듣고 있는 것처럼 그때마다 이파리 몇 개를 샘물에 떨구곤 했다. 육백 년이 넘도록 아낌없이 솟아 마을 사람들의 목을 축여주었다는 원당샘을 보니 어린 시절의 그 샘물 생각에 마음이 한결 맑아진다.

가뭄이 들어도 마르지 않는다

비가 내려도 수량이 일정하다

일 년 삼백육십오 일 언제나 수온이 같다

폭염주의보에도 뜨겁지 않고

한파경보에도 얼어붙지 않는다

그것이 무엇일까?

천년을 바라보는 은행나무가
매일 마셨어도
탈 한 번 나지 않고
목신의 경지에 이르게 한 것

우리의 가슴에도 그런
샘물 하나 있다
마음이라는 원천

_〈원당샘〉

육백 년 전부터 방학동 원당마을 사람들의 목을 축여주었던 원당샘.

마음의
귀가 열리는
우이령길

우이령길에는 소의 귀로 들어야 할 침묵의 소리가 있다.

그렇기에 이 길에서는 내 안의 수많은 말들을

모두 버리고 걸어야 한다.

생각의 발에 아무것도 신지 않고 걷는 흙길,

맨발로 이 길을 걸으며 발걸음의 침묵에 낙관을 찍는다.

우이령길에는 아픈 역사의 생채기가 내는 소리와

하늘의 행성들이 자리를 바꾸는 소리와

그 모든 소리들을 듣기 위한

가장 깊은 고요와 침묵이 기다리고 있다.

우이령의 흙길을 따라가다 보면

물소리가 귀에 쌓인 시끄러운 소리들을 모두 씻어내고

귀는 이내 적막해진다.

천변만화의 만상을 보여주는 오봉과 천하의 절경,

그 아래 자리 잡은 청정사찰 석굴암에서는

시원한 약수 한 모금으로 마음의 갈증을 해갈할 수 있다.

우이동으로 가는 내내

귀 하나로 들을 수 있는 현묵玄默한 세계가

오늘도 나를 기다리고 있다.

제21구간 우이령길

교현 우이령길 입구 ~ 우이 우이령길 입구 6.8km, 3시간 30분, 난이도 중
예약 후 입장가능(http://bukhan.knps.or.kr)

교현 우이령길 입구

교현탐방지원센터 🏕
화장실 (수세식) 🚹🚺

유격장, 저수지

화장실 (발효식) 🚹🚺

대전차 장애물

우이탐방지원센터 🏕
화장실 (수세식) 🚹🚺

우이 우이령길 입구

쇠귀가
탁발하는 소리

우이령길을 걸으며, 나는 소의 귀가 좇는 것이 무엇이었을까를 생각한다. 소는 귀를 어지럽히는 소리에 마음을 붙들리는 법도, 서두르는 법도 없다. 그냥 되새김질을 할 뿐이다. 소는 소리를 평생 여물로 되새김질하며 세상의 번잡한 속도로부터 멀찌감치 벗어나 있다.

구간의 전체 길이가 6.8킬로미터에 달하는 우이령길은 강북구 우이동과 경기도 양주의 교현리를 가로지르는 길이자, 북한산과 도봉산의 경계가 되는 길이다. 1969년 무장공비의 청와대 침투 사건으로 민간인의 출입을 전면 금하다가 2009년부터 홈페이지를 통해 예약을 받은 후 입장할 수 있게 되었다.

이처럼 인적이 드문 까닭에 자연이 잘 보존되어 있으며 맨발 걷기 체험을 할 수 있을 정도로 길이 깨끗하고 아름다우니 둘레의 마지막 코스인 우이령길을 꼭 한번 거닐어보기를.

우이령길에서 바라본 오봉 산봉우리.

소의 귀를 닮았다는 이 고개
우이암은 물론 상장능선과 오봉마저도
가만히 보면 바위들이 쇠귀를 닮았다

소는 결코 서두르지 않는다
담뱃잎을 넓게 말아 만들어놓은 듯
큰 귀를 가졌던 옛적 우리 집 소처럼
가장 느리게 걸어서 가장 깊은 것을 듣는다
어릴 적 그 소의 걸음으로 걷는다
석굴암의 부처님 미소가 물결로 흐르는
비 지나간 계곡물소리에 귀를 씻고
쑥부쟁이 핀 길 따라 묵묵히 오른다

그래, 오봉이 하늘을 듣는 이쯤이 좋겠다
무릎 꺾고 앉은 소가 되어 가만히 귀를 모은다
다 익은 구릿빛 도토리가 숲을 치는 소리
물속 물풀들의 뭉친 매듭이 풀리는 소리
산 너머 원통사 범종각 중수에 쓰일 동기와에
누군가 이름을 쓰는 소리, 발원한
상장능선의 계곡물이 한강으로 멀리

만행을 나서는 소리, 단풍나무에 첫물이 드는
소리, 미군 공병대가 도로를 닦던 소리에 이어
분주한 피난민 소리, 사십여 년 전
흰 눈을 밟고 몰래 잠입해오던 군화발소리……
모든 현상과 존재들은 제 소리를 갖고 있었다

그 소리들을 되새김질하면서
다시 천천히 고갯길을 오른다
맨발의 발자국이 사유의 길에 낙관을 찍는
우이령길에서 나는 모든 말을 버린다
하늘과 땅을 듣는 이 깊고 광대한 고요
종일 생각하는 쇠귀 하나 세워
탁발해야 할 소리가 있다

_〈우이령〉

마음,
단청을 입다

교현 우이령길 입구　●단칠(석굴암)

우이 우이령길 입구

교현리에서 우이 우이령길 방향으로 길을 나서다 보면 오봉능선으로 이어진 숲길이 보인다. 석굴암 삼거리인 유격장에서 그 길을 따라 십여 분 남짓 오르면 해발 400미터 정도의 산 중턱에서 석굴암이라는 절을 만나게 된다.

오봉을 등지고 산 아래를 굽어보면 파노라마처럼 펼쳐지는 풍경이 일품이다. 석굴암은 가을이 되면 제빛을 발하는데, 그 단아한 풍경은 일순간에 수천 마리의 새들이 날아오르는 장엄한 감동을 안기는가 하면 한꺼번에 쏟아져 내리는 단풍빛은 폭포수 되어 말끔히 가슴을 씻어낸다.

가을께 이 길에 오른다면 청정산사 석굴암에서 단풍음악제가 열리는 풍경에 취해보라. 맑고 청아한 새소리와 바람에 날리는 붉은 단풍이 마음 깊숙한 곳까지 침투하여 마음을 오색으로 물들일 것이니.

석굴암에 들면 맑고 청아한 새소리가 마음을 오색으로 물들인다.

산사의 단풍음악제가 열리는 날

천변만화의 색조를 머금은 선율

팔선과해의 팔음조八音鳥가

방울을 굴리는 듯하다가도

수천수만의 새들 일제히 날아오르는가 하면

한꺼번에 쏟아져 내리는 폭포수가 되어

한순간에 압도하는 절창의 노래들

가장 투명한 빛 아래

단풍은 절정에서 몸을 떨고 있다

전율은 좀처럼 가라앉지 않는다

무대 앞 항아리 위의 황금국화 향이

천하 절경 오봉산의 석굴암을 감싸는 가운데

몇 차례 반복되는 여진으로 지나가는

팔색조八色調의 노래들은 금어金魚의 손이 되어

남루한 내 영혼에 단칠丹漆을 계속하고 있다

마침내 등황색 선명한 오색단풍으로

삼라만상이 흠뻑 물들고, 아무도 쉬이

자리를 뜨지 못하고 있다

고요할수록, 텅 비어질수록

주초석을 딛고 선 기둥 위의 서까래와 부연

모두 연꽃무늬 단사청확으로 물들어

이제, 고아한 작은 암자 하나로

세워지는 이 마음

천 년 넘게 빛바래며

곱게 늙어갈 수 있겠다

_〈단칠〉

청정산사 석굴암에서 단풍음악제가 열리는 풍경에 취해보라.

사유를 버리는
시간

교현 우이령길 입구　　　● 단칠(석굴암)

우이 우이령길 입구

석굴암 초입에서 단아한 모양새의 일주문을 만난다. 얼마나 많은 세월을 품었기에 빛과 바람에 제빛을 다 내어주었을까. 단청의 고운 빛깔이 나의 시선을 한참이나 붙들어놓는다.

　한겨울의 폭풍설한을 고스란히 맞은 일주문은 더우나 추우나 이 길에 버티고 서서 우리의 삶이 어떻게 순환하고 명멸하는지를 보다 더 명징하게 바라본다. 그뿐만이 아니다. 봄을 맞아 싹을 틔우는 풀꽃의 힘을, 가을이면 점점이 물들어가는 화려한 오색단풍을, 겨울을 맞아 동안거에 드는 나무를, 모든 말들을 침묵 속에 잠재우는 한여름의 뜨거운 볕을 묵묵히 지켜본다.

　모든 잡스러운 소리를 일시에 잠재우는 숲의 고요를 들려주고, 말없이 세상을 바라보는 법을 일러주고, 눈바람 소리마저 멎은 만월의 달빛이 얼마나 아름다운지를 속삭인다. 그렇기에 나는 자연을 오롯이 품어 안은 일주문을 넘으며 생각에 잠긴다.

새하얀 눈이 소복하게 쌓인 일주문 단청, 멋스러운 그 풍경이 자꾸만 발길을 붙잡는다.

모든 문은 처음으로 다시 회귀하는 지점이라는 것을. 누구나 문을 지나 산사에 들고, 그 문을 넘어 산을 나서며 이 작은 문을 통해 세상 모든 생의 섭리를 깨친다는 것을.

　오봉 너머로 유유자적 흘러가는 흰 구름이 새하얀 눈으로 새 단장한 일주문을 슬며시 내려다보고 있다.

Special Staff

· **표지 사진촬영**
김영민 iamyourmin@naver.com

· **지도 일러스트**
정은규 rudyska@naver.com

· **본문 사진**
39쪽 화계사 풍경_심규하 kyoohashim@naver.com
289쪽 쌍둥이 전망대_백동헌 dh100kor@naver.com
308쪽 방학동 은행나무_전수정 quartz2@naver.com

· **QR코드 제공**
국립공원관리공단 북한산탐방시설과

부안사들래기 MAP

서울외곽순환도로

죽여기 12구간

13구간 손추마을기

14구간 산내기

15구간 안고기 위경부시

16구간 보구기 다라현기

17구간

18구간 죽음애비기

21구간 우이렁기

도봉산

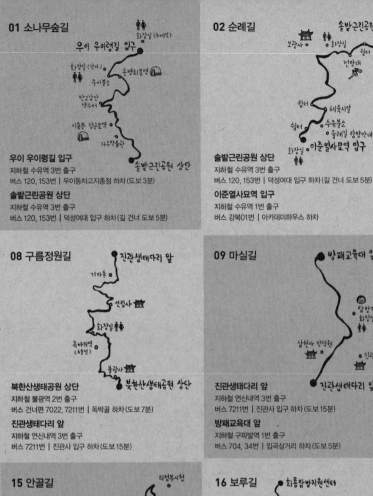
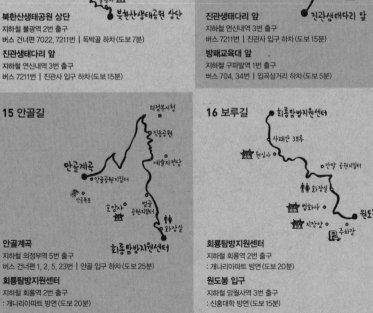
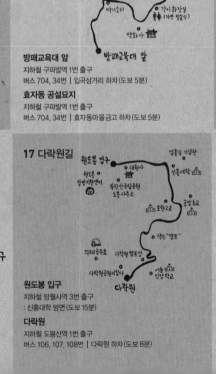
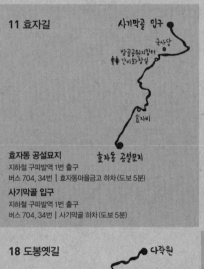
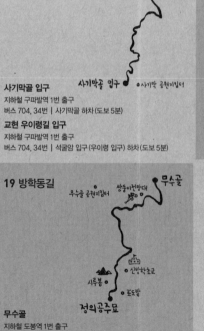
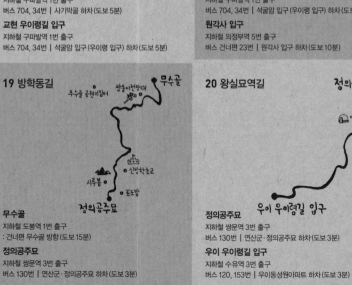
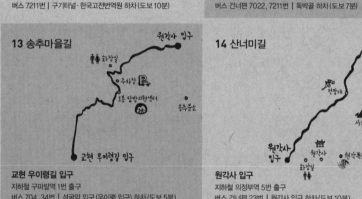
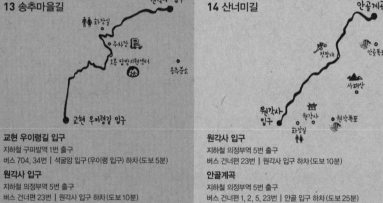
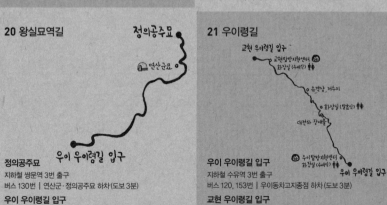

01 소나무숲길
우이 우이령길 입구
지하철 수유역 3번 출구
버스 120, 153번 | 우이동차고지종점 하차 (도보 3분)
솔밭근린공원 상단
지하철 수유역 3번 출구
버스 120, 153번 | 덕성여대 입구 하차 (길 건너 도보 5분)

02 순례길
솔밭근린공원 상단
지하철 수유역 3번 출구
버스 120, 153번 | 덕성여대 입구 하차 (길 건너 도보 5분)
이준열사묘역 입구
지하철 수유역 1번 출구
버스 강북01번 | 아카데미하우스 하차

03 흰구름길
이준열사묘역 입구
지하철 수유역 1번 출구
버스 강북01번 | 아카데미하우스 하차
북한산생태숲 앞
지하철 길음역 3번 출구
버스 1014, 1114번 | 북한산생태숲 (종점) 하차

04 솔샘길
북한산생태숲 앞
지하철 길음역 3번 출구
버스 1014, 1114번 | 북한산생태숲 (종점) 하차
정릉주차장
지하철 길음역 3번 출구
버스 143, 110B번 | 정릉대우아파트 (종점) 하차 (도보 5분)

05 명상길
정릉주차장
지하철 길음역 3번 출구
버스 143, 110B번 | 정릉대우아파트 (종점) 하차 (도보 5분)
형제봉 입구
지하철 길음역 3번 출구
버스 153, 7211번 | 롯데삼성아파트 하차 (도보 15분)

06 평창마을길
형제봉 입구
지하철 길음역 3번 출구
버스 153, 7211번 | 롯데삼성아파트 하차 (도보 15분)
탕춘대성암문 입구
지하철 길음역 3번 출구
버스 7211번 | 구기터널·한국고전번역원 하차 (도보 10분)

07 옛성길
탕춘대성암문 입구
지하철 길음역 3번 출구
버스 7211번 | 구기터널·한국고전번역원 하차 (도보 10분)
북한산생태공원 상단
지하철 불광역 2번 출구
버스 건너편 7022, 7211번 | 독박골 하차 (도보 7분)

08 구름정원길
북한산생태공원 상단
지하철 불광역 2번 출구
버스 건너편 7022, 7211번 | 독박골 하차 (도보 7분)
진관생태다리 앞
지하철 연신내역 3번 출구
버스 7211번 | 진관사 입구 하차 (도보 15분)

09 마실길
진관생태다리 앞
지하철 연신내역 3번 출구
버스 7211번 | 진관사 입구 하차 (도보 15분)
방패교육대 앞
지하철 구파발역 1번 출구
버스 704, 34번 | 입곡삼거리 하차 (도보 5분)

10 내시묘역길
방패교육대 앞
지하철 구파발역 1번 출구
버스 704, 34번 | 입곡삼거리 하차 (도보 5분)
효자동 공설묘지
지하철 구파발역 1번 출구
버스 704, 34번 | 효자동마을금고 하차 (도보 5분)

11 효자길
효자동 공설묘지
지하철 구파발역 1번 출구
버스 704, 34번 | 효자동마을금고 하차 (도보 5분)
사기막골 입구
지하철 구파발역 1번 출구
버스 704, 34번 | 사기막골 하차 (도보 5분)

12 충의길
사기막골 입구
지하철 구파발역 1번 출구
버스 704, 34번 | 사기막골 하차 (도보 5분)
교현 우이령길 입구
지하철 구파발역 1번 출구
버스 704, 34번 | 석굴암 입구 (우이령 입구) 하차 (도보 10분)

13 송추마을길
교현 우이령길 입구
지하철 의정부역 5번 출구
버스 704, 34번 | 석굴암 입구 (우이령 입구) 하차 (도보 5분)
원각사 입구
지하철 의정부역 5번 출구
버스 건너편 23번 | 원각사 입구 하차 (도보 10분)

14 산너미길
원각사 입구
지하철 의정부역 5번 출구
버스 건너편 23번 | 원각사 입구 하차 (도보 10분)
안골계곡
지하철 의정부역 5번 출구
버스 건너편 1, 2, 5, 23번 | 안골 입구 하차 (도보 25분)

15 안골길
안골계곡
지하철 의정부역 5번 출구
버스 건너편 1, 2, 5, 23번 | 안골 입구 하차 (도보 25분)
회룡탐방지원센터
지하철 회룡역 2번 출구
: 개나리아파트 방면 (도보 20분)

16 보루길
회룡탐방지원센터
지하철 회룡역 2번 출구
: 개나리아파트 방면 (도보 20분)
원도봉 입구
지하철 망월사역 3번 출구
: 신흥대학 방면 (도보 15분)

17 다락원길
원도봉 입구
지하철 망월사역 3번 출구
: 신흥대학 방면 (도보 15분)
다락원
지하철 도봉산역 1번 출구
버스 106, 107, 108번 | 다락원 하차 (도보 8분)

18 도봉옛길
다락원
지하철 도봉산역 1번 출구
버스 106, 107, 108번 | 다락원 하차 (도보 8분)
무수골
지하철 도봉역 1번 출구
: 건너편 무수골 방향 (도보 15분)

19 방학동길
무수골
지하철 도봉역 1번 출구
: 건너편 무수골 방향 (도보 15분)
정의공주묘
지하철 쌍문역 3번 출구
버스 130번 | 연산군·정의공주묘 하차 (도보 3분)

20 왕실묘역길
정의공주묘
지하철 쌍문역 3번 출구
버스 130번 | 연산군·정의공주묘 하차 (도보 3분)
우이 우이령길 입구
지하철 수유역 3번 출구
버스 120, 153번 | 우이동성원아파트 하차 (도보 3분)

21 우이령길
우이 우이령길 입구
지하철 수유역 3번 출구
버스 120, 153번 | 우이동차고지종점 하차 (도보 3분)
교현 우이령길 입구
지하철 구파발역 1번 출구
버스 704, 34번 | 석굴암 입구 (우이령 입구) 하차 (도보 5분)

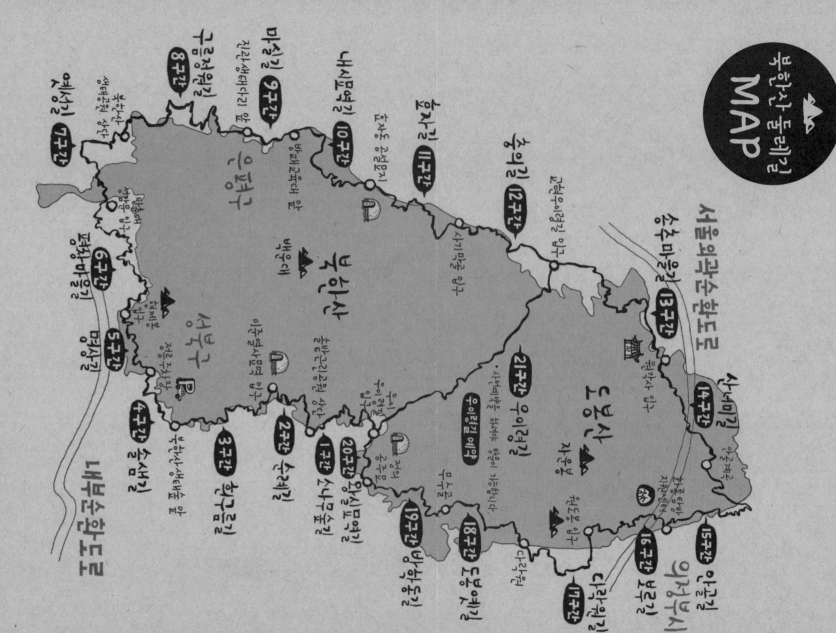

알려두기

하나. 21구간인 우이령길은 예약제를 시행하고 있습니다.

하루 전까지 예약을 완료한 탐방객을 대상으로 오전 9시에서 오후 2시까지만 출입을 허용하며, 오후 4시 이후엔 원칙으로 운영하고 있습니다. 예약 인원이 하루 1000명을 넘지 않을 경우, 잔여 인원에 대해서는 당일 선착순으로 이용할 수 있습니다.

● 예약 방법
1. 인터넷 예약 http://bukhan.knps.or.kr
2. 전화 예약 (65세 이상, 장애인, 외국인만 가능)
3. 교현 탐방지원센터 : 031-855-6559
4. 우이 탐방지원센터 : 02-998-8365

● 예약 가능 시간
우이령 탐방은 이용일로부터 15일 이전 오전 10시 정각부터 1일 전 오후 5시까지 예약이 가능하며, 신청자 1인당 10명에 한하여 예약할 수 있습니다.

● 참여자 의무사항
예약 확인증과 신분증(예약자, 동행인)을 필히 지참해야 예약번호 확인 후 입장이 가능합니다. 미성년자와 외국인은 예약자 신분증으로 본인 확인 후 입장할 수 있습니다.

둘. QR코드 사용법
둘레길 공식 홈페이지의 코스별 안내를 각 장의 첫머리에 QR코드로 수록하였습니다. 스마트폰으로 코드를 인식하면 구간별 특징을 상세히 볼 수 있으며 해당 QR코드는 국립공원관리공단 단으로부터 수록을 하기별였습니다.